皆のあらばしり

乗代雄介
norishiro yusuke

新潮社

皆のあらばしり

天高く馬肥ゆる秋。校長先生の前期終業式の挨拶はそんな言葉から始まっていたんじゃなかったか。伸びきった草に埋もれて見上げる空は、確かに青く澄んでとても高いけれど、本物の馬は、小さい頃に東宮神社の春のお祭りで見たきりだ。

平日の皆川城址に人は滅多に来ない。栃木駅からだいぶ離れていて、観光客も車で来るしかないようなところだけれど、今日も一台だって見当たらない。山の斜面を削るなり盛るなりして平らに作った曲輪が螺旋状につくられて、その見た目から法螺貝城とも呼ばれている。

ぼくは曲輪を巡り、抱えているノートに挟んだ地図と照らし合わせ、胸ポケットに挿した鉛筆で書き込みしながら半日を過ごしていた。人の通らない西側は、セイタカアワダチソウとススキがびっしり生えたところを漕ぐようにして進まないといけない。やっと這い出たところで、ぼくはその男に出会ったのだ。息を切らせたぼくを、本丸へ上っていく階段に立って見下ろしていた。

「なんや、人間やんけ」と男は言った。「猪でもおるんかと思てあせったがな」

ぼくは体に引っかかったクモの巣を摘まみ落としながら、何も言えずに見上げていた。

「しかし熱心やなー青年。高校生か？」

「そうだけど」

男の人さし指が、ぼくの姿全体を囲うように円を描いた。「史跡研究が趣味かいな」

「歴史研究部だから」とぼくは言った。「あなたは――」

「ただの出張ついでの観光客や」言いながら階段を下りてくる男は、三十代だろうか、長袖の白いポロシャツにたくましい体を浮かせて迫力があった。「しかし、なかなかええところやないか。山城の遺構がこんなに残っとったら研究の甲斐もあるいうもんやろ」

「皆川城を研究対象にするかはわからない。個人研究用のテーマをさがしてるだけで」

「個人研究以外にも何かあるんかいな」

「部のみんなで、地誌編輯材料取調書の翻刻をしている」そこでぼくは、これまでの習慣からごく自然と説明を加えようとした。「翻刻っていうのは――」

「書物を原本の内容のまま活字で出版することや」と男は言った。「まあ今やったら電子テキストもあるけどな。にしても、高校生の口から翻刻なんて言葉が出るとは思わんかったで」

後々のことを考えると、こんな先回りは驚くにも値しない。でも、何も知らなかったこの時はびっくりしたものだ。ぼくが部の活動を説明しようとして、その言葉の意味がわかる者は一人もいなかったのだから。

「このあたりは皇国地誌の下書きが残っとるんかいな」

ましてや地誌編輯材料取調書のことまで知っていたので、ぼくは言葉が出なかった。それは、明治新政府が作ろうとした『皇国地誌』のために全国各村に提出させた報告書だ。伝承や地名、統計データも含んだ事細かな土地土地の情報が記載された報告書が集まったが、結局、刊行に至らなかったばかりか、関東大震災で正本の大半が焼失してしまった。

「栃木市ではこの辺りの村だけだ」

「そら、なかなか興味深い話やのー。立ち話もなんやし、どこかに座って当地を眺めながらお話をうかがいたいもんやな」男は下ってきた階段を振り仰いだ。「本丸に上がればわかりやすいか？」

「本丸の見晴台は柵があって、座ったら見通しが悪い。西の丸の方がよく見える」

中腹にある井戸の横の枡形門を入って上る道の、右手に広がる見はらし平の反対が西の丸だ。切り立った崖のようになっていて、足尾山地の末端部の間に広がる皆川城内町と、向かいの山裾に沿う東北自動車道が右手の山間に消えるまでを見渡せる。そこにあるベンチは、ぼくが皆川城址に来るたびに休憩していたところだ。

「なるほど、こらええわ」と男は植え込みの枝葉が端をのみこんでいるベンチに座り、後ろにいたぼくを振り返った。「ぼけっとしとらんで、青年も座らんかいな」

二人で腰かけるとベンチはほとんどいっぱいだ。男は植え込みと、それを抱え込むように立っている木を検分した。

「このツバキ、ベンチに座るにもイロハモミジにもえらい邪魔やのー。そのうち伐られるんちゃうか」

「せっかく植えたのに？」

「こんなモミジの際の、固定されとるベンチも隠すような場所に苗木を植えたりするとも思えんなー。ツバキなんて種で簡単に増えるんやで」

「じゃあ、自然にここに生えたのか」

「自然に生えるにも種がいるがな。周りには見当たらんし、誰かがどこぞで戯れに取ったツバキの実をここで落としたんかもわからんな。それやって一筋縄ではいかんで。ツバキの種はな、いっぺん乾燥してもうたら発芽率が落ちんねん。何の因果か、運良くこの木陰に収まったことで乾かんと、時を待って発芽して、じわじわ伸びて、まあ人の目を楽しませるかも知らんと見逃されて、ここまで大きゅうなったっちゅうとこやろな」

男はべらべら喋りながら、ぼくの手元を覗きこむ。

「それが青年の研究ノートかいな」

遠慮ない調子に押されてノートを渡してしまった。よくわからないが物知りなことは確かな男に、自分の取り組みを見せたいという気持ちはあったはずだ。

「プリントも挟んであるからグチャグチャだけど」

「おっ」と男は眉を上げた。「古文書の写しの下書きやな。なかなかどうして綺麗な字やないか」

「そこにはぼくが担当してる皆川城内村のものしかないけど、村ごとに担当がいる」

興味深そうに資料をめくっていく男の手つきは慣れたもので、日頃から書類を扱う仕事をしているんだろうと思わせた。でも、あんまり素早くめくっていくものだから、内心がっかりした。やはり、こんな田舎の地誌などに興味はないのだろう。

男は数十秒ほどでノートを返してきた。「研究用に残そうっちゅうことやろうけど、顧問の先生がさぞ立派な人なんやろうなー」

それは間違いなかった。ぼくは、この出会いを先生に報告しようというさっきまで抱いていた思いをしぼませながら、それでも男の言葉を嬉しく思いながら、なんだか恥ずかしくなってきた。かがみこみ、足に挟んだリュックにノートをしまおうとした。

「おい、それはなんやねん」

リュックの口はほとんど開いていなかったので、そう言われた時は何のことかわからなかった。見上げてみると、男の鋭い視線は、上の方だけがわずかに覗いているばかりの、個人研究には関係のない資料を手当たり次第に突っ込んだクリアファイルに注がれていた。

「なんや、竹沢屋――」

それが一番上になっていることすら、ぼくは忘れていたのだ。

「蔵書目録。昔の皆川城内村の家のだ」

「おもろそうやんけ」男が上向きに開いて出した手は、かなり大きく見えた。

写真をプリントアウトしたものでかなりの量がある。どうせさっきと同じだろうと、ファイルごと渡してやった。案の定、次々めくっていく男の仕草は、さっきと何も変わらなかった。

「こんなところで余裕のある商家やったんやのー」

「酒屋だ」

「まあ、そうやろなー。さっきのノートの「民業」の項目にも、皆川城内村に一戸、生産額は二千や三千と書いてあったわ。下等酒とあったけど、道楽の学問に回すには十分な稼ぎやろ」

ぼくは驚いて何も言えず、資料に目を通している男を見た。

「なんや、間違っとるか?」

「いや」とぼくは首を振った。「さっきの一瞬でそこまで見たのか」

その時、男の目が資料の一点から動かなくなった。わずか数秒だったけれど、答えもなかったので、ぼくはもう一度、少し言葉を変えて訊き直した。

「ちょっと見ただけで、そんなに細かいところまで？」

「一瞬でもないがな」男はそのページをゆっくりめくると、顔を上げた。「酒屋なら宿場との取引もあるやろうし、文人交流も絡んで書物も手に入りやすいかもわからんな。ほんで、その酒屋は今も続いてるんかいな」

ぼくは少し考えて「いや」と言った。「家は続いてるけど、酒は造ってない」

「この辺りの名家ではあるんやろ、土地持ちの、でかい家の」

「そんな感じでもないと思うけど」

「蔵も蔵書も跡形もなしか」

「詳しくは知らないけど、たぶん。普通の家だ」

「そうかいな」

その瞬間、元通りにされたぶ厚いクリアファイルのまっすぐな底辺がぼくの喉元に突きつけられた。思わず身をすくめたぼくに顔を寄せて、男は「返すわ」とにやりと笑った。ぼくはクリアファイルを両手で受け取り、ゆっくりと首から離した。

「竹沢家はどの辺や」と言った男は、もう眼下に目をやっている。

「あの中学校の」ところどころ水のたまった広い校庭をぼくは指さしていた。「向こうのあたり」

「まだ明るいし、どや、その竹沢家まで案内してくれんか。ちらと覗いてみたいねん」

ぼくが口ごもったのを、この遠慮のない男が見逃すはずもない。

「なんや、迷惑か？　用事でもあるんかいな」

「そうじゃないけど、どうして行くんだ」

「単なる知的好奇心やがな。明治初期に酒造りをしとったんならまず有力者の家や。後に困窮して蔵書を売りに出したかも知らん。そんな没落の歴史の名残を目の当たりにして我が人生の教訓にできるかもわからんがな」

「そんな目的であなたと二人、近くをうろうろするのはぼくはいやだ」

「何を調子のいいこと抜かしとんねん。自分かて日頃からさんざんやっとることやろ。だいたい、知的好奇心を満たすためやろうと泥棒に入るためやろうと、公道歩いて後ろに手が回るようなことはないんやで」

男は無理やりぼくに案内させた。その家は、昨日の大雨でいつにも増して水を流している藤川沿いにある。生け垣に囲まれた竹沢家を一周して、小さな前庭が覗けるだけなのを確認すると、男はすぐそばにかかる橋の欄干から身を乗り出すようにして流れを見つめた。ぼくも安心して家を離れ、男の不可解な興味を見定めてやろうと背後に立っていた。

「わしからしたら広い土地やけどな。大都市とはさすがに土地の感覚が違うのー」

「あなたは大阪だろ？」

男は怪訝な顔でぼくを見た。「なんでそう思うねん」

低く押さえつけるような声に怒らせたかと心配しながら、「だって」と言った。「大阪弁だから」

男はぼくを見据えたまま何も答えない。何か濁すような言葉を付け足そうとしたところで、ふっと表情を和らげてうなずき、感心したように「なるほどなー」と言った。胸をなで下ろすように血が流れていく。さっきの資料読みの速さと、威圧するような言動で、ぼくはこの男を少し恐れ始めているようだった。

「自分、コナン君みたいな名探偵になれるかもわからんで」男はぼくを指さし、おどけるようにへへへと笑った。「まあ、資料から昔を追うのも同じようなもんやろ」

「知らないけど」

男は身を翻し、透明な川の水をしみじみ眺め下ろした。「湧いて間もない流れやから、雨の後でも綺麗なもんやのー」それから藤川と書かれた橋の表示板を確認している。「さっきの資料やと、藤川はもっと下流の方だけを指しとったみたいやな。合流前のこの辺りは、もともと何ちゅう名前やったんや」

「五下川」

そのあたりのことは翻刻作業で頭に入っていた。でも、ざっと読んだだけの資料をもとに的確な質問をされるのはやはり不気味なものだ。写真を撮るように記憶ができる人間の話を聞いたことがあるけれど、その類なのだろうか。

「ほな、この五下川の水で酒造りをしとったわけや。源流はあっちの山かいな」

男は西に広がる山並みを指さした。

「川の流れからするとそうみたいだ」

「なんや、知らんのかいな」

「ぼくは城内村の担当だから。この辺から先は柏倉村《かしわぐら》だ」

男が鼻で笑うのがしゃくで、ぼくは慌てて地図を引っぱり出した。

「別に慌てて調べんでもええがな」と男は手が汚れるのも構わずに欄干に手を置き、軽やかに屈伸している。「見に行きたいわけでもあれへんし」

「川は鞍掛山まで続いてる」と半ば聞こえないふりですぐに言った。「琴平神社のあたりが源流みたいだ」

「コトヒラ神社やと」

しゃがんだ体勢で止まった男は、黙って山の方を仰いでしばらく見つめていた。

「鞍掛山の山頂にある、この辺りで一番栄えてた神社だ」

「なるほど、鞍掛山いうぐらいなら天辺はちょっとした平地や、でかい神社も造れるわな。栄えてたっちゅうのはどういうことやねん」

「火事でみんな焼けた」

「勧請はいつや」

「勧請って？」

「まあ、いつその社が建立されたかっちゅうことや」

「翻刻作業中のやつのコピーがある。確か、琴平神社のところまでは終えていたような気がするけど」

　ぼくはリュックの中を探りながら、男の期待に応えようとしている自分に気付いた。なんとなく後ろめたい気がしたその時、覗きこもうとする気配を察して、思わず背中を丸めて遮った。

「なんや、けったいな奴やのー」

「琴平神社はぼくの担当じゃない。外の人間に、しかもあんたみたいな怪しい人間に見せていいかわからないからな」

「殊勝なことを言うやないか」にやにやしながら、わざとらしく一歩下がって言った。

「ほんだら青年に任せるわ。なんて書いてあんねんな」

「安永元――」

「安永元年いうたら一七七二年やな」

ぼくの驚きといったらなかった。「あんたは元号から西暦に直せるのか」

「昔とった杵柄や。何を隠そうわしも、高校から大学と、青年と同じ歴史研究会に入っとったんやで。ラグビー部にも所属しとったけどちょっとした強豪でなー、兼部は無理な決まりやったけど、研究会ならええやないかとさんざんゴネたったんや。生徒手帳の校則に抜け穴があってのー」

「ラグビーと歴史研究会なんて、そんな兼部があるのか」

そう言いながらも、この男の体格や知識を目の当たりにしていると、嘘をついているようには思えなかった。資料を元に戻すぼくの背中に、男は喋り続けた。

「世の中、アホばっかりなんやで。考えてもみんかい、ラグビーで花園に行ったところで、大学でも続けてさらに実業団、今ならプロもやけど、そんな人生歩めんのは一握り、狭き門もええとこやがな。あきらめて職を選り好みする者は、頭がないと話にならんわ。その時、履歴書にラグビーで花園行って歴史研究会と兼部してましたと書いてみぃや。そんな奴おれへんがな」

「ハナゾノってなんだ」

「花園も知らんのかいな」思わず勢い込んだように言った男は、そんな素の反応を取り繕うように「まあ、まあ、無理もないわ」と自分の顎を撫でた。「花園ゆうたら高校ラグビーの聖地、花園ラグビー場のことやがな。野球でいう甲子園みたいなもんやな。さすがに、甲子園はわかるやろ」

「わかるよ」

縁遠い世界のことが話されるうちに、リュックを閉じて立ち上がる。

「就職の面接でな、わしは今まさに、青年が言うたような反応を受けたんや。そんな兼部があるのか言うてな。人間、新奇なもんに直面すると頭が鈍って判断が単純になんねん。大企業の人事部長かて一緒やで。こいつは運動だけが取り柄やないちょっと変わった切れ者やと勝手に思い込みよったわ」

「でも、あんたは実際にしっかり活動してたじゃないか。元号を西暦に直せるんだから」

「そこやがな。ただでさえそう考えてまうのに、ほんまにそうやったら、人を騙すも騙さんもないわ。相手の浅はかな早合点を確信に変えてやるまでをこっちで請け負うんは手間やけども、わしは努力を惜しまずそっちを選んだいうことやな。傾向と対策なんちゅうもんは、埒外の努力ができきん凡人の悪あがきやで」

「歴史研究は就職のための努力だったのか」気に食わずぼくは言った。「あんたにとって」

いつの間にか腕を組んでいた男は、細い目をぎっと開いて口を結び、ぼくを見返してきた。しばらく見合っていると、口の端がわずかに開いて笑みをつくった。

「言うやないか、青年」と男は言って、ぼくの肩に手を置いた。「確かに、そないなことは好きやなかったらでけへんわなー。歴史研究をラグビーのついでのように語るっちゅうことは、わしも世間にすれて優劣をつけとるのかも知らんわ。青年のように自信をもって自分のやりたいことに邁進せんとあかん、反省や」

その手はぼくの肩を覆い尽くすほど大きい。自分勝手にうなずいている男から、ぼくは目を離さずにいた。

「しかし、そんなん言い返されたん初めてや。青年が面接官やなくて命拾いしたわ」

「ぼくも、あんたみたいな人に会うのは初めてだ」

「ほんまに口が減らんのー」

呆れたように言った男はぼくの肩から手を放した。やたらな会話がやむと川の流れの音が聞こえてくる。男はまた踵を返し、川面をじっと見下ろした。

「時に青年、明日は暇かいな」

ぼくは少し考えた後で「どうしてだ」と言った。

「すこしのことにも先達はあらまほしき事なりと授業でやったやろ。琴平神社に案内してくれやと言うとんねん。青年の方でも、個人研究のヒントがあるかも知らんで」

確かにそうだと思った。戯れに欄干へ片足をかけ、そこに肘をのせた男の背中を見ながら「別にいいけど」と答えた。

男はその体勢で勢いよく振り返った。「また明日の午前十時に、ここで待ち合わせようやないか」

「ここじゃなくたっていいだろ」

男は笑っているのか考え事をしているのかわからない顔でぼくをじっと見ている。ぼくは、これ以上ぼろは出すまいと、何も言い返さなかった。

「ほな、皆川城址の、二人並んで町を見下ろした、西の丸のあのベンチはどうや？上り下りが面倒やけども、我々が初めてゆっくり思いを語らい合った思い出の場所やからなー」

「それでいいよ」とぼくは言った。「思い出の場所とは思ってないけど」

「なんでやねん。今度から待ち合わせは、あっこに決めようやないか」

「そんなに何度も待ち合わせるつもりなのか」

「当たり前やがな。エリートの長期出張ほど暇なもんはないんやで」男はやっと欄干から足を下ろして、今度は腰に手を当てて体を反らした。上を向いた顔が、ごろりとこちらを向いた。「青年とは長い付き合いになりそうやの｜」

*

家からすぐの栃木駅を南口から北口へ抜けて、永野川に突き当たるまで西に歩いて、しばらく北上して、東北自動車道をくぐるまで一時間。やっと皆川城址の山が見える。このあたりが、かつて皆川城内村と呼ばれたところだ。

公民館の脇にある入口で見上げると、西の丸のベンチにすでに座っている男が見えた。目が合っても、腰を上げる気配がない。組んだ足の膝上に頬杖ついて、ぼくの方をじっと見ている。ぼくが自分の足元を指さすと、わざとらしく伸びをして視線を外し、手を庇にして遠く町を見下ろし始めた。太陽は雲に隠れていて、眩しいはずもないのに。

仕方なく登って行くと、男は座って腕時計を構えて待っていた。ベンチに缶コーヒーが置いてある。

「なんや、時間ちょうどやないか。待ち合わせは少なくとも五分前には着いとくんがマナーやで」

「どうせ下りるんだから、あんたが下りてきたらいいだろ」

「わしだけ上り下りしたら不公平やろがい」男は言って立ち上がった。「それに、ここ西の丸はわしらの思い出の場所やないか」と言って目の前の花を指さす。「彼岸花も綺麗に咲いとるがな」

「その思い出っていうのがよくわからないんだよ」

「青年がここの方がええと言うたんやで」

「あんな人の家の近くで待ち合わせができるわけないだろ。あんたみたいな怪しい男と」

「竹沢家もええ待ち合わせ場所やと思うんやけどなー」

反応をうかがうように見つめてくる男の言葉を無視して歩き出すと、慌ててついてきた。上着の中のポロシャツ以外は昨日と同じ格好で、靴も運動靴という感じではない。

「しゃあないやろ、仕事用の革靴以外はこれしか持って来とらんのやから。言うとくけど、ポロシャツは別のやで」

「何も言ってないじゃないか」

「そない気合の入った格好した奴に値踏みするようにじっくり見られたら気ぃ悪いがな」そう言って、男は飲みかけの缶コーヒーをぼくに差し出してきた。「結構な悪路なんか？」

男の言う通り、ぼくは昨日以上に動きやすい格好で、靴も父のトレッキング用のものを借りてきていた。缶コーヒーは受け取らなかった。

「ぼくも行ったことない」

「ガイドにしては頼りないのー」

男は残り少なかったらしい缶コーヒーを上を向くまで傾けて飲み干し、最後は下品に音を立てて啜ると、もう一度渡そうとしてきた。もちろん受け取るはずがない。

竹沢家の近くで県道75号から126号に外れ、琴平神社を目指して歩く。車通りがまったくないのは、126号は山間の葛生に出るだけの道だからだ。栄えた佐野へ出るには、東北自動車道と並んだ75号を利用する。

「せやから、こっちの峠道はサイクリストが多いんやで」

「なんでそんなこと知ってるんだ」

「調べたんや」と男は言った。「琴平神社のことは調べとらんから安心してな。せっかく連れがいてるのに、資料の確認に行くだけやといまいち興が乗らんからなー。どや、今日という日を心待ちにしとった様子が窺えるいうもんやろ」

確かに、草むらや小さな田畑の間を縫っていく川を時折またぐ広い道を何キロもまっすぐ歩く間も、上機嫌な口は減らなかった。だんだん細くなる道は傾斜がつくにつれて木々が取り巻き、急なカーブで峠道に入る。その手前、車道の脇に参道への入口があった。

「お、ここやここや」

石段を上って鳥居をくぐると、木々の間に狭い急坂の土道が続いている。道の真ん中はV字に削られていて雨水が流れるらしく、一昨日の雨もところどころに溜まっていた。

「なんや、かなり急やし水も残っとるのー。こんな格好ではかなわんわ」

木々が日を遮り土もまだ湿っているところを、それでも男は気にする様子もなく登って行く。岩盤が剝き出しになって段をつくっているところには、足を丁度かけられる形の窪みがあった。

「見てみぃ」と男はそこに足をぴったり嵌めてぼくを振り返った。「なかなか歴史を感じるやないか。確かに参拝者は多かったみたいやのー。先にまた石段もあるで」

かなり古めかしく、ほとんど土に埋もれている低い石段が見えた。

「あんたは、どうして琴平神社が気になったんだ」

「コトヒラいうたら、讃岐の金刀比羅宮、こんぴらさんから勧請したに決まっとるがな」

他の寺社から分霊を迎えることだ。琴平神社は、関口一郎左衛門らによって讃岐の金刀比羅宮から神璽を迎えて祀ったと資料にも書いてあった。男は、ぼくがそれらを調べてきたことすら承知しているようで、何も説明を加えなかった。

「だからって気になるのか」

「金刀比羅宮の大物主神は、水運の守護神なんやで。仕事の合間に、問屋町の名残を横目に巴波川《うずま》沿い歩いとったら、点と点が繋がるやないか。きっと、江戸と結ぶ舟運をお守りくださいと、こんな山まで商人たちがせっせと足を運んだんや。遠い昔の同業者と同じ土を踏んどるんやと思たら感動するがな」

とてもじゃないが、その声色は感動しているようには聞こえなかった。古い枯れ葉に混じって石が撒かれた参道を、木の幹にくくりつけられた「あともう少し！　がんばってネ」という札に「誰にぬかしとんねん」と茶化しながらじぐざぐに登って行く。

その斜面に捨てられていた空き缶を見て、男はふと立ち止まった。ずいぶん古いもので、ほとんど錆びている。わざわざ道を逸れてそっちに歩み寄りながら、ポケットから小さく畳まれた透明のビニール袋を出して広げた。

「何してるんだよ」

「見たらわかるやろ」缶を拾った男は、泥の塊を振り落としながらぼくを見た。「最近の若いもんはゴミ拾いも知らんのかいな」

「知ってるよ。なんでそんなことをするのかってことだ」

「心が痛んでたまらんねや」目を閉じて胸に手を置く。「ここまで何もなかったんで安心してたんやけど、不信心なもんはどこにでもおるんやなー」

「嘘つけ」

「なんとでも言うたらええわ」男は体を捻り、ビニール袋をボディバッグのストラップに結びつけている。「青年も見つけたら入れや」

核心をつけないまま先を急ぐ。倒れた木をくぐったところで足元にペットボトルの包装を見つけてしまった。ガサガサと音がして振り返ると、男がビニール袋を両手で持ち、口を結んだ厳しい顔で凝視している。仕方なく拾うと、両手を開いて袋の口をわずかに広げた。睨みつけられたまま近づくと、口はだんだん広がっていった。放り込むと、穏やかに微笑み、目をつぶって頭を下げた。

「あんたがやると茶番だ」

「茶番やない。作善いうねん」知らない言葉を口にしながら、男はビニール袋の口を握って閉じた。「茶番やとしても、それで参道がきれいになったらええがな」

やがて、両側を石垣に挟まれたひときわ長い石段が現れた。苔生して落ちた枝も散乱しているが、百段以上の立派なものだ。見上げた先にはぽっかりと青空が広がり、そこが頂上だとわかった。急で踏み面も狭い石段を上がって振り返ると、足がすくみそうになる。男はそこへ足をかけもせず、腕を組んでぼくを見上げている。

「上がらないのか」

「しんどそうやから、わしはこっちの迂回路で上がっていくわ」と奥の坂を指さした。

「年やし、どうも靴が心許ないからのー」

「ちょっと急だけど、ただの石段だ」

「そうかいな」と視線を逸らして指をさす。「あの石垣の積み方、野面積《のづら》と言うんやで」

その振る舞いを変に思って「もしかして、怖いのか？」と訊いた。

「何を言うねん」と鼻で笑うが、目は笑っていない。「アホちゃうか」

ぼくは思わず笑みを漏らした。昨日からずっと、男の弱みを探していたのだ。

「人々と同じ土を踏むんだろ」

「そこは土やない、石や。迂回路は土やと思うんやけど」

屁理屈ばかり言う男に背を向けて、ぼくは石段を上っていった。

「おいコラ、待たんかい」と男は言い、慌てて迂回路に入って行った。

上に着いたらバカにしてやろうと考えていたぼくの目論見はしかし、上りきって平らに均された頂上に出たところでまったく消え失せてしまった。一番奥、拝殿の前に誰かいると思った瞬間、ピンクのブルゾンの下に見慣れた学校指定ジャージの紫色が目に飛び込んできて、その人物が振り返ったからだ。

＊

お互い呆気にとられたわずかな間に、男が石段を少し下ったところから出てきた。

「おい、ごっついでこっちの道、鹿のクソだらけで足の踏み場もないわ。玉砂利か思たがな」

何が嬉しいのか弾んだ声の男は、振り返ったぼくの様子を見て一転、怪訝そうに「なんやねん」とつぶやいた。「どないしてん」

「浮田先輩」

ぼくの後ろの遠くから澄んだ声がして、男の目がそっちを見やるのに合わせて顔を戻す。

「先輩も調査ですか？」続けて問いかける眼差しは、すぐにぼくを通り越した。「こんにちは」と、こんなに怪しい男にも笑顔で挨拶する。

「こんにちは」関西弁のイントネーションで返すと、男は案の定、明るい声で喋り始めた。「なんや、二人はお知り合いかいな。浮田くん、紹介してんか」

ぬけぬけと今初めて聞いた名を使う男に「同じ学校で、歴史研究部の後輩」と伝えた。

「竹沢です」

男は眉の根一つ動かすことなく、頭を軽く下げた上目遣いに微笑を返した。

「あの、お二人は……？」

ぼくが言葉を選ぼうとしたそばから、男がすぐ横に音もなく出てきた。

「観光で来たんやけども、さっき偶然、浮田くんと下で会ってのー」と肩に手を置いてくる。「わしもこういう史跡にはちょっとばかし興味があるんで、なんやえらい意気投合してしもたんや。そしたら、親切に案内役を買って出てくれるやないか」

「私たち、部でこの辺りの郷土史の研究してて」

「さっきちらっと聞いたで、なんや、明治時代の古い資料を出版し直そうとしてるんやって？」

どうして男が無学を装っているのかわからず黙っているうちに、二人の会話は弾んでしまった。さっきは男自らがした一通りの説明を、ずっとたどたどしく竹沢が説明し、男はしらじらしく初めて知ったとでも言うように感心しきりで相槌を打った。

「私がこの柏倉村の担当なんです。琴平神社の資料もありますよ」と竹沢は言った。

「見ます？　ここ、由緒とか、詳しい説明の看板も何もなくて不親切だから」

「そんな貴重なもん、部外者のわしが見せてもろてええんかいな」

「もちろん」竹沢は人当たりのいい満面の笑みでうなずく。「みんなで勉強しましょ」

はっはーと男はわざとらしく感嘆の声を響かせた。「好学の士はみな仲間やと言うわけかいな。大した心がけや、そうでないといかんわなー」そして、わざわざぼくの方を向いて言った。「ほんまに君たちはすばらしわ。日本も安泰やでほんまに」

竹沢は大袈裟な男の様子をけらけら笑い見ながら、石段脇にある大きな方柱形の石の上に地誌を入力し直した資料をのせて、傍らにしゃがみこんだ。ぼくが持っているのと同じものだ。

「この石、社号標なんですけど、倒れちゃってるからテーブルにしましょ」

「ほんまや」側面を覗きこんだ男が言う。「大正三年と書いてあるがな」

「多分、そっちの基礎石に立ってたんです。長さがぴったり同じだから」

そばに高さ三〇センチほどのロの字形の石枠がある。真ん中の凹みには、土が詰まっていた。

「山火事にあったと聞いたけど、その時かのー。火事で石は倒れへんか」

「どうでしょう。山火事は戦後間もなくのことらしいですけど」

地誌にある説明はこうだ。

琴平神社　無格社。社地東西三十間南北十一間、面積七畝二十六歩。官有地。村の酉の方字琴平鞍掛山の嶺上にあり。大物主命・崇徳天皇・大山祇命を祭る。安永元壬辰年三月創建す。地名を鞍掛と称す。天保九戊戌年十二月神祇官統領伯王殿公文所御勧遷の允司を乞へ倉掛山金刀毘羅宮と称し、明治元年戊辰年鞍掛山琴平神社と改め茲に信仰の諸人群詣す。祭日陽暦毎月十日。祠東向き縦二間横九尺樹木少なし。

拝殿縦五間横二間、額殿縦八間横三間半、社務所縦八間横三間半、鳥居二棟、石燈籠五個、鉄製天水鉢四個あり。また石製玉垣及石階二十間あり。信徒戸数五百四十六戸、講社人員一万五千八百人、境外附属地三反三畝九歩。

「現代人には単位がようわからんくて敵わんわ。尺貫法っちゅうやつやろ」

わからないなんて嘘だろうと思いながら、資料に目を落とす男を見ていた。この間に、もう必要なことは覚えてしまったはずだ。

「一間は一・八二メートル。畝は九九平方メートル、歩が三・三平方メートルです」

「わかるんかいな、さすがやのー」

「ここにメモしてあるから」竹沢は左手で資料の端を指さし、右手を頭にやって笑った。

「なんやそれ」と鼻で笑った男は境内を見渡した。「ほんだら、この鞍掛山の頂上の平地は八〇〇平方メートル足らずいうことやな。鞍掛山というだけあるやないか」

奥に拝殿、本殿、社務所が配され、右手にいくつかの灯籠や記念碑、手水鉢が並んでいる。左手には小さな愛宕神社があった。

「この額殿いうのは何やねんな」資料に目を戻した男が訊く。

「石段の途中から、それを跨ぐみたいにかかる三階建ての建物があったんです。ほら」と言って石段の脇を指さす。「石段の横が大きく段をつくっているでしょ。あそこに額殿の脚が立ってたんです。あ、当時の絵もありますよ」

慌ただしく引っ張り出してきたプリントには、鞍掛山の鳥瞰図があった。石段や社屋が山上を埋め尽くして広がり、長い石段の頂上付近を覆うように門が立っている。

「なるほど、こんな山頂にえらい立派なもんを建てたもんやわ」男も興味深そうに顔を寄せた。「これがいつ頃の姿やって？」

「額殿の完成は明治十一年ですね」

「今じゃ見る影もないのー」男は石段を見下ろし、境内を振り返った。「まあ、参拝者の少なかった江戸時代の姿に近いっちゅうことか」

あははとおもしろそうに笑った竹沢は「確かにそうかも」と言って立ち上がった。

「しかし、さすが担当なだけあって何でも知っとるんやなー。浮田くんの出番があれへんがな」

「あ、すいません」竹沢は顔の前で手を合わせ、ぼくに謝る仕草を見せた。

「いいよ、別に」

「ここはかわいい後輩に花を持たせたらええがな」男は馴れ馴れしくぼくの首の根元

に大きな手を置いた。そして竹沢に隠れて何か伝えるように、ぼくの首の肉を何度かつまみながら、竹沢に向かって言った。「実は、浮田くんとはこの後、担当の皆川城址を案内してもらう約束をしとるんや」

「わ、いいですね」と竹沢は言った。「そういえば先輩、個人研究って皆川城址にしたんですか？」

「まだ迷ってる。竹沢はここにするのか」

「はい、来週から資料を集めて、色んな人に聞き取り調査をしてみようと思ってます」

「おもしろそうだもんな」

男は、ぼくたちの顔を交互に見てにやりと笑った。

「そんなら、君ら一緒に琴平神社の研究をやったらええやんか」

ぼくは面食らったが、竹沢はすぐに「あ、いいですね」と言った。

「個人研究ゆうたって、同じことに興味を持ったらいかんなんちゅうことはないし、そうやったら協力し合うのが筋ちゅうもんや。君らの先生は、地誌の翻刻をしようなんちゅうこの世に資するとは何かをわかっとるえらい人や。共同研究はいかんなんて噴き上がるケツの穴の小さい人間ではないと思うで」

「ケツの穴」とウケながら竹沢がぼくを見る。「でも、それだと先輩がイヤじゃないですか？」

「ぼくは」イヤなわけがない。「別に」

「別にやなんて、素直やないのー」男が手をすりながらからからんでくる。「はっきり言うてここはかなり興味深い場所やで。由緒も来歴も、明治になって急に栄えたんも気になるから栃木宿の商人連中との関連も見なあかん、調べなあかんことだらけや。わしが学生やったら嬉しい悲鳴あげてかじりつくとこやで」一気に言葉を並べたところで竹沢を見た。「おまけに、それをこんな優秀な研究者と一緒にできるなんてな？」

「ですよね？」

冗談にのせられておどけた竹沢が、男と顔を見合わせて何度もうなずく。身長差のせいで見上げる風になって、ややふくよかな首筋の白さに目がいった。

「男や女やいうご時世でもないけども、向き不向きはあるもんや。鹿も出入りしとるようやし、足場の悪いとこもあるわ。協力できるもんはせんとなー」

「竹沢がいいなら、先生に相談してみよう」

「そうしましょう」

「二人は互いの連絡先なんかは知っとるんかいな」

さすがに竹沢も口ごもり、ぼくも黙っていた。男は意に介さぬ態度でぼくたちのLINEを交換させて、何度もうなずいている。

「ほな、これからしっかり研究するんやで。出版されるんならわしもチェックできるがな、楽しみやなー」

午後から予備校だという竹沢と一緒に、ぼくたちも下りることにした。男は上機嫌で迂回路から先導し、あちこちで山を作っている鹿の糞を指さしたり、道々ゴミを拾ったりした。竹沢はそれに感動して、ぼくに向かって、私たちも今度からやりましょうと言った。

「そん時は、透明なビニール袋を使わんといかんで」

「どうして？」

「どうしてもやがな」とだけ男は言った。「時に、竹沢はんの家はこっから近いんかいな」

「はい」と戸惑いつつ答えた。「皆川城址の近くです」

「そらええわ」男はぼくの顔を見ながら愉快そうに笑った。「研究にも便利やのー」

竹沢は、参道入口のある道の奥に自転車を駐めていた。家族共用のママチャリらしく、荷台にもカゴがついている。

「じゃあ先輩、また連絡しますね」と言い、男には「またお会いできたらいいですね」と笑って握りこぶしを引いて見せた。「研究、がんばりますからね」

＊

町へ戻るまっすぐ長い道を、竹沢は自転車に乗ったまま何度も振り返って小さく手を振ってきた。バランスを崩してすぐ前を向いてしまうから、竹沢はぼくたちが手を振り返したのを一度も見なかったかも知れない。

「ええ子やのー。心が洗われるようやないか」

「どういうつもりだよ」

「何の話や」

「ぼくが竹沢について黙っていたのを恨んでるのか」

男はにやにや笑って「何のことやらわからんわ」と言った。「わしは、さっきあの子が皆川城址の近くに家がある言うから、ようやっとそうかも知らんと思い至ったとこや。ちゅうことはなんや、やっぱりあの子は竹沢家の娘さんなんかいな。どえらい偶然があるもんやのー」

「白々しいよ」と男の方を見ないように言った。「また何か、変なことを企んでるだろ」

「それやったら、そっちはなんで竹沢家が知り合いの家やということを隠しとったんかっちゅう話になるで」

「見ず知らずの人間にそんなこと教えるはずないだろ」

ぼくたちの横をサイクリストが二人連なって抜けていった。その姿が小さくなってから、男はわざとらしく溜息を聞かせた。

「ほな、白状するしかないのー」急にしおらしく肩を落とした。「確かにわしは、名前を聞いてすぐに気付いたんや。そして、こんなに物怖じせず自分の意見を述べて歴史研究に邁進する立派な青年が、そんな些末な事実関係を隠すっちゅうことは、ひょっとしたら——ひょっとしたらやで？　青年が、あの子に好意を抱いてるんかと思ったんや。そうやとしても無理もないぐらいのええ子やしな」

「ぼくは一緒に研究したいなんて一言も言ってない」

「せやから、迷える子羊たちに手を差し伸べようという善意の第三者なんやからしょうがあれへんがな。わしにはお互いに、あの子の方でも好意を抱いとるように見えたんやけどなー」

答えようもなく黙っているぼくを、男は薄く口を開けたまま眺めていた。

「おっさんのいらんおせっかいやったんなら平謝りするしかないわ。恋のキューピッドに憧れとったんやけど、残念やのー。まあ、もしもわしの勘違いやったら、あれは一時の気の迷いやったと連絡したらそれでしまいやがな」

「そんなの向こうに悪いだろ」

「ほな、あのあと皆川城址に行って研究したいことが見つかったと言うんがええわ。自然やろ」

「そんなの」とまた同じ物言いになって口ごもった。「がっかりするだろ」

「そこやがな」男は体を寄せ、ぼくの肩に手を回してきた。「好きか嫌いかはともかく、いやまあ、わしの見立てでは嫌いゆうことはなさそうやけども、とにかくあの子は、ああこれから先輩といい研究ができる、頑張ろうと心に決めたんや。こんぴらさんの前でやで？　その決意が台無しになってしもたら、さぞがっかりするやろなー」

がっかりする――自分で言ってしまったことが頭をぐるぐる回る。本当にそうなのだろうか。ぼくはこんな男に何を話しているのだろうか。

「あんなええ子を弄んで悲しませたら、青年」そこで言葉を切って肩を揺すぶってくる。ぼくが見るのを待って、小さく首を振りながら真顔で言った。「あかんで」

ますます元気のいい男に何を言い返す気力もなく、先の見えない長い道のわきに広がる田畑に目をやり、足を動かし続ける。今度は少し離れて横に首を差し出した男が、囃すような調子で話しかけてきた。

「へへ、今までとはずいぶん様子が違うやないか。さすがの青年も、ある面ではまだまだ人生経験が不足しとるっちゅうこっちゃなー。歴史ではこういう機微は学べんからのー。あ、ところで今、何時や？　今日は腕時計を置いてきたんや。百三十万の時計に傷がついたらかなわんからのー」

訊いてもないことをくっちゃべる男に「スマホぐらい持ってるだろ」と言いつつも、代わりにスマートフォンを確認してやる。

「仕事用の携帯しか持っとらんし、プライベートやからそれも置いてきとんねん。財布と名刺入れだけや。邪魔くさいからのー」

「今時、スマホも持ってないのか」

「昔気質の男でなー。せやけど、持ってたら青年の連絡先も聞けたやろ。昨日今日だけは、そんな自分が嫌やねん」

話半分に無視して「まだ一時過ぎだよ」と教えた。

「ほなさっき言った予定の通り、皆川城址に向かおうやないか。わしは十九時から会食があるよってに、時間頼むで。十五時には城址を出て、ホテルに戻ってひとっ風呂浴びて準備せんといかんわ。青年、見といてや」

返事はしないがもちろん気にしてもいない男は、またあのベンチまで上がろうと提案してきた。面倒だったけれど、歩きながらではしっかり問い詰めるのは難しそうだったから承諾した。

一時間近くかけて戻ってくる間に尿意をもよおし、ぼくは城址の入口にある公衆トイレに駆け込んだ。用を足す間、外から男の笑い声が聞こえた。

「仕方ないだろ、肌寒い中を長いこと歩いてるんだから」ぼくは出るなり言った。

「あんたは行かないのか」

「わしは鍛えとるから屁でもないがな。いつでも他人を出し抜けるように、下手を打たんように、人間、あらゆる状況に備えとかなあかんやろ」

「こんなの鍛えられるもんじゃないだろ」

「尿道しめとんのは外尿道括約筋ゆう筋肉やから、鍛えられるがな。油断しとったらすぐに小便垂れ流すジジイになってまうで。わしはな、どんな状況やろうと、小便してきっかり十時間は我慢できる体になっとるわ」

「嘘だ」

「まあ、疑り深いのも学を志すには必要な性分や」男はしきりに頷きながら「よっしゃ」と声を張り上げた。「今日、青年と解散するまで小便行かんといたろ。そしたら納得するやろ」

そんなことはどうでもよかったが、溌剌と歩き出した男の足取りはここに来てなお軽い。ぼくの方はさすがに疲れて、急な階段で足が止まって息も切れる。軽口の一つも叩かれると思ったが、何も言わずに数段上、腕を組んで町を見下ろしている。見下ろしても、見上げても、標高一四七メートルの城山に人の姿は見当たらない。

ようやく西の丸のベンチに腰を下ろせた。男はボディバッグとビニール袋を置いて、その前に出ると、体操を始めた。

「ええ景色やなー」屈伸をしながらぼくをちらちら振り返る。「竹沢はんはあっこの中学校に通ってたんやろなー」

山間の狭い土地の真ん中、広い校庭に土のテニスコートを備えた中学校は、竹沢の家から目と鼻の先だ。ぼくは同じところに目を向けながら無視して座っていた。

「どうして竹沢の前ではあんな風に振る舞ったんだよ」

「どういうことや？」大きく腰をひねりながら言う。

「馬鹿の振りをしてたじゃないか」

「馬鹿ではないやろ。馬鹿に見えたんか？」今度は大きく体を後ろに反らせながら、逆さになった顔でぼくを見て、苦しげな声を出す。「あれでも世間では賢い方の部類に入るんやで。なんぼひどく言うても、最低限の教養と礼節をわきまえた気の良いお兄さんぐらいのもんや。むなしい世の中やのー」

「何のためにそんな演技をするんだよ」

ゆっくり体を戻した男は、ぼくから遠ざかって、さっき来た坂の方に歩いて行く。

「おい」その背中に「どこ行くんだ」と呼びかける。

「小便や」男は振り返り、あごを小さくしゃくり上げながら言った。「ぼちぼち我慢の限界でな」

ぼくは一拍置いて、火がついたように笑ってしまった。男は満足げに微笑みながら前を向くと、坂を下っていった。

当たり前だとぼくは少し安堵した。あの男は普通ではないけれど、人間には違いない。体操していたのも尿意を紛らわすためだと考えて、ぼくはくつくつ音を立ててしばらく笑っていた。でも、だからと言って不審な気持ちが消えるわけでもない。その他、やることなすことが何もわからないのだ。

リュックから水筒を出して下を見ると、竪堀脇の階段を下る男の頭が沈んでいくところだった。水筒を置くため、男のボディバッグを端に寄せようとした時、ぶつぶつした革の感触に手が止まった。楕円形の一番大きなところを閉じているメインのファスナーと、外側に薄いカードぐらいしか入らなそうな小さなファスナー。

財布と名刺入れだけや。男がそう言っていたのを思い出す。

もう一度、腰を上げて下を覗くように見ると、男の姿はさらに遠く、複雑に入り組んだ曲輪の向こうに消えた。あそこから入口のトイレまで二、三分はかかるだろう。戻ってくるまで少なくとも五分以上はある。ここに普通に座っていれば、男から見えることは絶対にない。

名刺は外側に入っているだろうか。こっちの名前は知られてしまったのだから、見たってお互い様だ。そう考えて指をかけたファスナーはひどく冷たくて、思わず一度、指を離した。

＊

戻ってきた男は、照れ隠しなのか何なのかにやにや笑い、おかしなことには、幽霊のように手を垂らしていた。そして、ぼくの三メートルほど手前で止まった。

「青年、ハンカチ持っとるか？」

「持ってない」とぼくは言った。「服で拭けばいいだろ」

「それがどうもでけへんねん。こういう時に育ちの良さがアダになるんやなー」

「ハンカチも持ってないくせによく言うよ」

「いや、持っとるがな。朝、ゴミ拾いのビニールをポケットに入れる代わりにカバンへしまってもうたんや。取ってくれんか？」

「なんでぼくが」

「なんでて、さいぜん理由を言うたとこやがな」

「登ってくる間に弾き飛ばすなり手をこすり合わせるなり、乾かせるはずだ。実際、あんたの手はもう乾いてるんじゃないか？」ぼくは男を睨むようにして言った。「どうしてそんなに、ぼくにハンカチを取らせたいんだ」

男は手を前に下げたままにやにや笑い続けている。

「ぼくを試したんじゃないのか？　そのためにわざと一人にさせたんだろ」

「どうやら、わしが気持ちよう小便しとる間にごちゃごちゃいらんこと考えとったみたいやのー。わしは、青年が他人の荷物に悪さをして名刺を見とらんことぐらい重々承知しとるがな」

「いや、少なくとも疑ってはいるはずだ。名刺のことだって、わざと口走ったんだろ。ぼくを試して、反応を見て楽しんで、今後に活かそうとしてる。あんたはそういう男だ」

「そんな男やとしても、疑っとるゆうのはちょっとちゃうなー」

「信用できない。信用できない人間とは一緒にいられない」

「おいおい、物騒なこと言うやないか」男はまるで拳銃で脅されているかのようにゆっくり手を頭の上に挙げた。まだ余裕があるようだ。「わかったわかった、わしが疑っとらん証拠があるわい」

「何だよ」

「弱ったことに、それもカバンの中やねん。堪忍やで」

ぼくは男をじっと見た。怯えたような細目をつくって手を一段と高く挙げ、顔を震わせながら逸らす。

「これでわしがカバンを開けてほしい理由はみな言うてしもたわ、弾切れや」上げた片方の口角をこっちに見せている。「あとは青年次第やなー」

ぼくは男のカバンを乱暴に持ち上げた。腿の間に挟むようにし、メインのファスナーに手をかけた。

「ここでいいのか」

「お、ようわかっとるやないか」

「うるさい」

「ほんでそれな、一気に引っ張らんとチャック嚙んでまうねん。気ぃつけたってや。や、そんなことさえもう知っとるんかな？」

「知るはずないだろ！」

　男の指示に従ったわけではなく、怒りにまかせてファスナーを一気に引いた。反対側までいって、まだ形を整えている口を開き、何かが引っかかっていると思って押し広げた瞬間、笛の鳴るような高い音と同時に、黒く長いものが勢いよく飛び出してきた。驚き、それを避けようとしてバランスを崩し、ベンチの後ろにもんどり打って倒れた。

　わけもわからず頭を押さえ、やわらかな草の上で体を起こしかけたところで、男のいかにも嬉しげな声が聞こえた。

「よっしゃよっしゃ、大成功や」

　男の挙げていた手は今や、万歳の形で指先まで伸びている。それからいそいそ弾むように走り出した先の地面には、黒く長いものが転がっていた。男はそれを拾って来ると、ぼくの前にしゃがみこんだ。

「いやー、ものの見事とはこのことやなー」こちらに向けて揺らしたその先端は、赤い舌を出した間抜けなヘビの顔だった。「ケッサクやったで。スマホ持ちやったら撮影もできたかも知れんのになー、口惜しわ」

何も言えずに呆然としているうちに、草の冷たさが手足や尻にじんわり伝わってきた。

「これでわかったやろ。こいつが外におらん限りは、青年がカバンをこっそり開けて中身を見とらんっちゅう証拠になるわけや。まあ、飛び出した時点で派手な音がするよう細工しとんねや、下にいても気付いたやろうけどもな」

ぼくは黙ってヘビの口の中を見つめていた。

「ほんで、ボケッとしとらんと早よハンカチ取ってくれや」

口答えする気もなく、ベンチの下に転がっていた男のバッグからハンカチを取って渡した。間近で見た男の手は本当に濡れていて、ヘビはぼくの方にぞんざいに放られた。

「これ、なんだよ」ぼくの口からはもう疑問しか出て来なかった。「朝からずっと入ってたのか?」

「はるばる栃木まで取り寄せたヘビやがな。けっこう仕込みが大変なんやで。ホテルを出る直前まで、何度もシミュレーションしたんや」

「なんでこんなことするんだ」

「さっき青年は試しとると言うたけどな、おっしゃる通りやわ」

男は次の言葉を待つぼくを焦らすように、たっぷり時間を取って手を拭いた。わざわざ綺麗に畳み直してポケットに入れる。

「ほんで青年は見事、採用試験に合格したわけや。わしを裏切ることのできひん、信頼に足る人間やとな」

「だから、なんで――」

「こんなタネ明かしをやっとるっちゅうことは、わしかて腹割る覚悟ができたいうことやないか。すぐ話したるから待っとれや。しかしまあ、今日のうちにヘビを出すことになるとは思わなんだで。万が一の準備やったんやけども、トントン拍子に事が運んでなー、特に、竹沢はんに偶然会ったんは大当たりや。それもこれも青年がいてこそやろ。ほんま、この出会いは一生の宝物やで」

うさんくさい言葉に喰らい付くには混乱しすぎていた。この男はいったい何者なのだろう。そんなぼくを弄ぶように、男はぼくが抱えたままにしていたバッグを取って、あれこれ大袈裟に確認した。

「こまいチャックだけ開けたとこを見ると、ある程度、危ない橋を渡る度胸もあるようやし、その上でわしに吹っ掛ける狡猾さと肝っ玉も備わっとるんやから、まあ上出来やな」

ぼくが外側のファスナーを開けたことをわかっている。驚きが「なんで」という声を漏らさせた。

「何から何までタネ明かししてどないすんねん」吐き捨てるように言ってベンチに座った男の背中は大きい。肩越しに、ぼくを見下ろす細い目が覗いた。「いつまでもぼさっと地べたにおらんと、隣に座らんかいな。大事な話があんねんから」

＊

男は竹沢屋蔵書目録を出すように言って、靴についた土を払った。

「はっきり言うてしょぼい蔵書やで」

ファイルの一番上は蔵書目録のままだった。まとめて渡すと、男はその束だけを抜き取って一枚めくった。

「四百巻と書いてあるやろ」

「少ないのか」

「どうやら講義をせんとあかんみたいやのー」

男は目録の束をぼくに渡した。代わりにさっきのヘビを取って、腿に挟んだボディバッグに詰め始めた。中にはそれを収める大きな筒が詰まっている。

「江戸幕府が奨励した学問はなんやった」

筒に仕込まれたバネを押し込みながら器用に指が動き、紙製のヘビがくしゃくしゃと小さくなってゆく。

「朱子学」さすがにそれぐらいわかる。「封建制度の維持に都合のいい学問」

「そうや」ヘビの頭が男の中指で折られ、筒の内側にすりつけられるように呑まれていった。「流行り廃りはあるけれども、寛政異学の禁やらでテコ入れしながら一貫してそうや。その反動で、もとの儒学に戻ったり陽明学に入れ込むもんが出て来たところで、中国古典を読まなあかんという前提は変わらん。漢語を解するもんが自然と増えていくわけや。ほんでその識者の中から、同じ漢語で書かれとる日本の有職故実を研究する国学者が生まれるという、おい、チャックしめてくれや」

くしゃくしゃのヘビはすっかり中に引っ込んでいる。ぼくは言われた通りにファスナーをゆっくり横に引いた。指が絡みそうになるところで男の指が離れた。バッグは元通りになったが、これでは、ホテルで開ける時にまたヘビが飛び出すんじゃないだろうか。

「古くから残っとる書物は、原本以外は書写したもんやから、同じ書物でも表記にぶれがあんねん。異同を考証するために、国漢の古典を何でもかき集める必要が出てきよる。それらを貸し合い写し合い広めていく中で、職業問わず民間の蔵書家ゆうもんが登場するんや。例えば、浅草蔵前守村次郎兵衛はその名も十万巻楼、屋代弘賢の不忍文庫は五万巻。まあ、そこまでいかんでも、江戸時代の後半ゆうたら地方かて一万巻以上の蔵書家がごろごろおんねん、四百巻ではお話にならんわ」

竹沢のこともあって複雑な気持ちになりつつも、男のなめらかな説明を夢中で聞いていた。歴史研究部に入ってやりたかったのは、こういうことかも知れない。ぼくが疎みながらも惹かれているのは、男の知識のためなのだ。余計なお喋りはいいから、男の話をもっと聞きたかった。

「これもざっと見たとこでは、国学中心の陳腐な蔵書みたいやけども……」

そこで男は手に唾をつけて猛烈に紙をめくり始めた。

「おい」思わず文句が口をついた。「やめろよ」

「かたいこと言いなや、年喰うたら指が乾くんや。びっくりすんで、ほんま」全然やめないまま手が止まった。「ここや。青年は小津安二郎は知っとるか?」

「映画監督だろ」

男が黙って指さしたところには小津久足という名前があった。

「小津久足は、伊勢は松坂の豪商、干鰯問屋湯浅屋の六代目当主や。家業の傍ら、歌に国学、紀行文と文事を重ね、歌は約七万首、蔵書は西荘文庫として残っとる。あの曲亭馬琴にも、その博識と文才を認められた友人として知られる江戸の文人や。『南総里見八犬伝』ぐらい読んだことあるやろ」

「ない」

「そうかいな」男はそんなことは織り込み済みだとばかりに言った。「しかし、自分を偽らんのが青年の見込みあるとこやがな。下に偽るならまだしも、上に偽って背伸びされたら話が一向通じんから困ったもんやで」

「あんたはいつ読んだんだよ」

「いつやったかな。青年が今、高二やろ。高一ぐらいで読んだんとちゃうか」

学年を教えた覚えはなかったけれど、後輩にも会ったし、どこかで察したのだろう。

「ほんとかよ」とぼくは言った。「下に偽ってるんだろ」

「そう思わせたらこっちのもんやけど、まあええわ。話を戻そうやないか。その小津久足の、母違いの弟の孫が小津安二郎なんや」

「この人がどうしたんだ」

「その小津久足の著作として」と指をすべらせ「ここに『陸奥日記』と『皆のあらばしり』が一点ずつあると書いとるわな。このほんまにしょーもない蔵書目録、何を大層に目録やっちゅう感じやけど、唯一おもろい、掃き溜めに鶴はこいつや」

ひどい言いようだが、どこか嬉しそうな男の言葉に耳を傾けていた。

「どうもおかしいねんなー」男は実に嬉しそうに紙を叩いた。「久足は山ほど紀行文を書いとって、現存する四十六作に題をつけとるんや。ほんで『陸奥日記』はその名の通りに松島まで行った時のもんで、自筆稿本として現存しとって間違いないんやけど、『皆のあらばしり』なんちゅうもんは記録にないねん」

男はぼくをじっと見た。ぼくは自分が興奮しているのを感じた。

「まだ世に出てないものだってことか」

「もしそうなら大発見やのー」男は満面の笑みでぼくの肩に手を置いた。「久足の紀行文の題名は、『陸奥日記』や『帰郷日記』みたいに単純なんと、『御嶽の枝折』や『真間の口ずさみ』みたいに詠んだ歌からとったんとあるんやけど、『皆のあらばしり』はまあ後者やろ。それが、何の因果かここ皆川だけにあるゆうことは、皆は、皆川の「皆」とかけとるんやろう、と考えてまうやないか。そこに商人たちの崇めるこんぴらさんが絡めば、さらに夢は広がりよるわ」

「あらばしりっていうのは」

「これはな」そこで男は顔を上げて周囲を確認した。それから、身構えたぼくの肩に手を回して引き寄せると、小声で言った。「日本酒をしぼる時に、一番最初に出てくる酒のことをそう言うねん」

ただでさえ縮こまっていた自分の体が、さらに内側から固まるような感じがした。その隙間を通すように、ゆっくり息を吸う。

「明治十年前後に、皆川城内村に酒屋が一軒しかなかったんは地誌から確認できるわな。これは竹沢屋で間違いないやろ」

「竹沢の家が」勇んで発した言葉は少し震えた。「小津久足と関わってるかもしれないってことか」

すぐそこにある男の口から舌先が出て、薄い下唇をゆっくりなめるのが見えた。その舌に導かれて、ぼくは隠された歴史の前に立たされていた。

「江戸時代は酒株制度の発展と共にあんねん。免許を持っとる業者しか酒は造れんゆう今にも続く厳しい規制の試行錯誤や。なんせ原料になる米は金と同じやからなー、酒のせいで米の値段が変動してもうたらかなわんわ。まあ、その反動で、明治四年に酒株が廃止された時は全国的に酒屋が乱立したんやけど、そんな時期にも皆川城内村には一戸だけときとる。おそらく、江戸時代からこの村の酒蔵は竹沢屋だけやったろうと推測できるわけや」そこで男はへへへと笑って言った。「ほんで質問なんやけど、そもそもこの目録の画像データて、どういうわけで青年が持っとんねん。あの子が持ってきたんか？」

「部の資料として元々あったものだ。ぼくが入った時にはもうあったから、竹沢が持ってきたわけじゃない」

「そうかいな」

こういう質問にも何か裏があるかも知れない。こんな時こそ弱みを見せてはいけなかったのだと気付いて、男の腕をかいくぐるように肩から外した。

「じゃあ、あんたはこの『皆のあらばしり』について調べるために、ぼくと竹沢を組ませようとしたのか」

「そらそうやろ」平然とうなずいた。「わしも仕事で忙しいねん。しかしまあ、青年もまんざらでもなさそうやったしな。ウィン・ウィンの関係やろ」

「ぼくは何をすればいいんだよ」

「なんや、けっこう乗り気やないか。どないやねん」男は鼻で笑って足を組み、靴の裏の溝に詰まった土を、小指の爪で弾き飛ばした。「簡単な話や、琴平神社の歴史について竹沢はんと調べたことを、わしに報告してくれたらええねや」

「それだけか？」

「あんなー」と男は溜息まじりに言った。「物事には順序っちゅうもんがあんねん。あせっても下手打つだけやで。久足がわざわざこんなとこに出向くとしたら、商人としても文人としても、琴平神社が目的やと考えるしかないんや。まずは現時点で得られるだけの情報を片っ端からかき集めんと、その可能性も上がらんわけや。学問とは乞食袋の如きものと言うやろ」

「知らないよ」

「なんでも取り込んで、後で選りわけろっちゅうことやがな。それから、人の家に土足で入り込むよな真似もあかん。慌てる乞食は貰いが少ないのもほんまやで。特に、竹沢はんに目録のことを訊いたりすんのは御法度やからな」

「あんたは何をするんだ」

「わしは何もせんがな。青年の持ってくる情報を首を長くして待って、それ見てまたこの西の丸から指示を出すわ。さしずめ乞食の総大将やな」

「一緒に調査に行ったりはしないのか」

「だからわしも暇やない言うとるやろ。なんや、わしがおらんと不安か？　かわいいやっちゃのー」

「土日は休みだろ」

「ゴルフやねん。ちょうどこの裏のゴルフ場、なかなかおもろいコースやけど、そこでほぼ毎週や。シングルプレイヤーは引く手数多でなー、各地におる実力者は大抵みな退屈しとるから、わしとラウンドしたい言うてうるさいんや。手加減して、ぎりぎり勝ったりあっさり負けてみたり、忙しいねん」

「仕事でもそんなことしてるのか」ぼくはなるべく哀れに聞こえるように言った。

「青年のような一角の人物なら、こうして腹も割ったるんやけどなー」

天を仰いだ男は、しばらく見とれたように青い空を眺めていた。どうひっくり返っても本音とは思えない。

「ほんで青年、研究部の活動があるのは何曜日や」

「月曜と金曜」

「ほな、素数の木曜は必ず午後四時にここに集まることにしようやないか」

「素数？」

「えーと」二回、人さし指でこめかみを叩いた。「次は十三日やな。だいぶ先やから、何か進展もあるやろ」

「なんでそんな面倒くさいことをするんだよ」

「次からいちいち言わんけど、素数の木曜、午後四時に必ずここで待っとるよってにな。約束は守らなあかんで。わしかて、小便の約束を固く守っとんやから」

何の話か気付くのに時間がかかった。「さっき行った時、してないのか」

「約束やからな、手だけ洗って来たんや。乾かさんまま吹きさらされて冷とうてたまらんかったでっておい、今、何時やねん。タイムキーパーを頼んだやろ」

急に声を荒げたので、ぼくは慌ててスマホを取り出した。ちょうど三時だったが、男はそれを確かめもせずに立ち上がった。

「わしはもう行くで。それから二も素数やからな。一はちゃうで。うっかりすなや。どうせ文系科目ばっかり勉強してんねやろ」

「わかってるよ」余計なお世話だ。

「ほんでプリント、唾つけてすまなんだなー。今度コピーして、今のやつをわしにくれや。コピー代はわしが持つから頼むわ」

「なんでぼくが——」

「わしの癖やねん。他のプリントも心配やったら、全部まとめてコピーしてくれると助かるのー。まあ、これは資料が欲しゅうて言うんやけどなー」

男はそれだけ言ってへらへら笑い、ボディバッグを身につけながらゴミの入ったビニール袋を見やった。

「これは青年が片付けときや」

連絡先も名前も知らない男の後ろ姿を、ぼくはベンチに座ったまま再び見送った。男は一度も振り返らなかった。

＊

二〇一四年十一月十三日、木曜日、午後四時。学校が終わり、歩いて皆川城址に向かうと、男はもうそこにいた。今日はボディバッグではなく、黒いリュックサックがそばにある。

「久しぶりやのー。背も伸びたんとちゃうか」

冗談には取り合わず、黙って自分のリュックからプリントの束を取り出す。百枚以上はあるだろう。

「お、ごっついやん」嬉しそうに言ってすぐ、ぼくの手元から奪い取る。

「学校でパソコンから印刷しただけだからお金はいらない」

「今、資料なんかスマートフォンで撮影してファイル化すればしまいやからなー」と紙をめくっていく。「こんなもんでさえ、昔は必要となればせっせと手で書いて写したんやから、そらオツムにも差が出るわ。楽するばかりの人間に何ができるかっちゅう話やで。社会の発展に、個人の為せるがおっつかんのや。手を動かして、地誌一つ翻刻した人間の方がよっぽど世のため人のためやがな。そんで、二人は共同研究することになったんかいな」

「なったよ」

「そらええがな。調査には行ったんか?」

「行った」とぼくは言った。「あんたが透明なビニール袋でゴミ拾いする理由がわかった」

男は資料に目をやりながら「ほーん」と気のない返事をした。

「二人で琴平神社に行った時、偶然、管理に関わってる地元の人が来てた。すれ違ったあとで、ゴミを拾ったビニール袋を見て、機嫌良く話しかけてくれた」

「そら運がええのー。ゴミ拾いの甲斐があるというもんや」

「あんたは全部、そんな風に打算的な考えで生きてるのか」

男は首を傾げつつ、資料を脇に置いた。それから、ぼくとの間にあった足を反対に除けるようにして組み、腿の上に組んだ腕を預ける。こちらを下から覗きこんできた顔には、いつもの薄ら笑いが浮かんでいた。

「確かに、そんなことはみな打算的に始めるのかも知らんわ。でもな、今回はたまたま運が良かったけども、打算っちゅうのは十中八九、空振るもんや。大半の人間はそこでやめてまうから打算に留まるんやで。それを空振りしてなお続けてみんかい。打算でやっとったら割りに合わんことばっかりなんやから、そんな考えはすぐに消え失せるわ。積み重なる行為の前には、思考や論理なんてやわなもんやで。損得勘定しかできん初手でやめてまうアホは、そんなことも理解できんと、死ぬまで打算の苦しみの中で生き続けるんやけどなー」

その答えは、ぼくの想定を超えていた。打算で何が悪い、そう開き直るんじゃないかと思っていたのだ。

「しかも青年、よう考えてみ。功徳を積むうちに打算的な利己心が消える、これを御利益と呼ばんで何とするんや。今言ったことがみな信仰そのものなんやで。青年が神社の関係者の心証をよくして情報を得たなんちゅうことは、ただの偶然、おまけに過ぎんがな」

黙っているぼくに満足したのか、男はやっと体を起こして視線を外した。

「でも、今はその偶然の方が重要やから良しとしようやないか。その情報を聞かせんかいな」

言われた通りにするしかなく、ぼくはメモ帳と資料を取り出した。明治初期の境内の様子を描いた「野州柏倉鞍掛山琴平神社境内之図」だ。奥に描かれた社の前は人々でにぎわい、洋服姿の者もいる。両脇には色や飾りをあしらった店が並び、茶屋はみな二階建てだ。

「慶応元年まで祭日のほかに参拝者はほとんどなかったらしい。参道が整えられたのは、明治になって参拝者が増えてからだって」

「慶応元年ゆうたら一八六五年やな。地誌に書いてあったんとほぼ同じやけど、この栄えぶりは予想以上やのー。誇張ではないんかいな」

「茶屋の数も記録が残ってる」と別の紙を出す。「ここで働く人達の子供たちが通う学校もあったらしいから、大体こんな様子だったはずだ」

「なるほど」男はそれらを確かめながら「まさに「諸人群詣す」やなー」と呟いて、

また何の頓着もなさそうに絵図を眺めている。

　ぼくは男をじっと見つめた。

「どないしたんや」と下を向いたまま言う。

「小津久足は」とぼくは言った。「一八五八年に死んでるんだろ」

「調べたんか。なかなか勉強熱心やないか」

「いくら金比羅様が水運の守り神だって、わざわざこんな所に、まして参拝者がほとんどいなかった時期に来る意味はないんじゃないか」

「もっともな意見やなー」男は大袈裟に何度もうなずきながら、資料から蔵書目録を取り出して開いた。小津久足の頁だ。

「琴平神社が目的でなければ、普通なら皆川に来る理由もないと思う」

「ほな、青年の考える普通やない場合っちゅうのはなんやねん」

「竹沢屋の主人が、小津久足と知り合いだった場合」

「そうや」男は喰い気味に声を潜めた。「小津久足は、自分の書いたもんに誇りを持って、後世に残そうとした人物や。書いたもんを手元に残さず赤の他人に渡すとはとても思われへん。せやから当然、知り合いの線は追うべきや。せやけど、残念なことに、小津久足が皆川に来たことも、『皆のあらばしり』なんてもんを書いたことも貸したことも、記録には一切あれへんねや。そら、栃木を通ることぐらいはあったけどもやな」

「記録に残ってないだけってことは考えられないのか」

「これが大抵の人物やったら、ないとは言い切られへんと答えるんやけど、久足はマメな男での｜。浄書して本の形にした四十六の紀行文に、全体の通し番号までつけとんねん。書簡にも栃木の皆川の竹沢某なんて名前は見当たれへん。この時代、文人同士の横のつながりは遠方でも珍しいことやないし、みな学問で身に染みとるから、なんでも律儀に記録を残そうとしよるんや。書簡、日記、会合記録、誰のどれを見ても、それらしき名前を見た記憶はあれへんな。久足が自分の紀行文を貸すような人物やとしたら、どこかで名前を見なおかしいねん。つまり、この蔵書を集めた人間は、華やかな文人ネットワークの外で生涯を終えた人間なんや」

「あんた、そんなことを言い切れるくらい全部に目を通してるのか」ぼくは不思議に思って訊ねた。「このへんを専門に研究してたとか?」

「学問は乞食袋やと言うたやろ。近代を知るのに近世のことを知らんで、近世を知るのに中世のことを知らんでどうすんねん。そんな調子で古今東西どこまでもや。いちいち退屈させへん世の中やの｜」

答えになっているかもわからないが、退屈しないのは本当だ。ぼくが黙っているのを見て何を勝手に勘繰ったのか、男は笑って首を振った。

「青年には敵わんのー」弱った調子で言い、ぼくの肩を二度、軽く叩いた。「白状したろ。実はわしはな、いつでも馬琴日記のことを頭に入れて生活しとるんや。馬琴は少なくとも二十三年以上は日記を書き続けたんやけど、火事で焼けてしもて七年分しか残っとらんねん。ただ、回り回ってどこかに写しがないとも限らんやろ。せやから、その辺りの人間関係にはそこらの人間より百倍詳しい言うてもまあ、バチは当たらんかもなー」

馬琴の日記が何年残っているかなんてぼくはもちろん知らない。男が言ったのは本当のことだろうけど、出鱈目さえ知る術がないのだと考えたら、なんだか情けなくなった。

「青年はえらいわ」とそれを見透かしたように言う。「この世はな、知らんことには、自分が知らんという理由だけで興味を持たれへん、それを開き直るような間抜けで埋め尽くされとんねん。せやから、自分の知っとる過去しか知らずに死んでいきよる。八十でくたばる時に考えるんは八十年間のこと、つまり頭からケツまで己のことや。己のことを考えるから苦しむっちゅうことに気付かず、今に通用する身の振り方だけを考えて、それを賢いと合点して生きとんねん。情けない話やのー。青年が、そんな退屈な奴らを歯牙にもかけんと生きていけるよう、わしは願うばかりやで」

　ぼくは勉強しなければならないだろう。この男のようにとは言いたくないけれど、この男ぐらいに、知識を溜めこんで、自在に使わなければならない。

「ほんで、青年はこの『皆のあらばしり』をどう思うねん」

「ぼくは」男の顔をうかがいながらでは声が出にくい感じがして、さりげなく視線を逸らした。「偽物だと思う」

「同感やわ」

「じゃあ」と言った自分の声が沈んでいることに気付いた。「これでもうおしまいなのか」

「せやなー」男は苦々しい顔を遠い空に向けかけたところでぼくの方を向いた。そして「アホか」と短く言った。「だと思うで済むなら学者はいらんがな。百五十年前に何があったかなんて、そんな簡単にわからんがな。それにな、予想通りに『皆のあらばしり』が偽物——偽書やったとして、なんでそんなもんを拵えたんか、ますますわけがわからんねん。実に興味深いやないか。わしらの仕事はここから始まるんやで」

　自分の頬と口が、じわじわと笑みを浮かべてくるのがわかった。そしてぼくは、それを男に見せるのをためらわなかった。

「しかも、このしがない酒臭い蔵書家は、ほとんど出回っとらん小津久足の『陸奥日記』を所有しとるきな臭さも持ち合わせとるんや。せやから一番の問題は、この蔵書を集めた竹沢屋がいつの代かっちゅうことやねん」

「どう調べればいいんだよ」

「あんなー」男は俯いて、眉間を親指のはらで上向きに掻きながら呆れたような声を出した。「何のために、その末裔と、琴平神社の共同研究をする立場にした思てんねん」

「ぼくと竹沢を近づけるためだろ」

「ほな、琴平神社は何のためや」

「竹沢が研究をしてたからだろ」

「アホ、竹沢屋が酒造りに使うてた水の水源は、琴平神社のある鞍掛山なんやで。御神酒は当然として、茶屋の酒かて地元の竹沢屋が関わっとらんはずないやんけ。琴平神社の研究を口実に、明治維新前後の竹沢家について調べろいうことやがな」

呆気にとられるぼくに、男は続けた。

「腐っても元酒造の家やで、家系図でも何でも残っとるやろ。やり方は青年に任せるけど、くれぐれも疑われんようにやるんやで」

「全部明かした上で教えてもらっちゃダメなのか。その方が史料――」

途端に厳しい顔になった男を見て、ぼくは言葉を止めた。

「その指示はわしが出すがな」ドスのきいた声だった。「とにかく今は、わしらが『皆のあらばしり』を目的に調べとるゆうことがばれんようにやるんや。くれぐれも下手打たんようにな」

その迫力を前に生唾のんで黙るしかなかった。歴史を明らかにしたいわけではないのだろうか。だとしたら、目的は何なのだろう。

「訝しんどるのー」男は自分の与えている影響を確かめ楽しむようだった。「無理もないわ。でもな、わしにとって青年の信用は、残念ながらまだその程度や。そのうち色々と相談せないかんようになるかも知れんけどもな」

「もしも、ぼくがあんたの望み通りに動けなかったらどうする」

「大人扱いしてやれば子供は大人より働くと言うしやなー。せやけど、ダメならダメで、そん時はしまいやがな」

「いいのか」

「わしはな、この一期一会の手前、青年を、真っ当にこの世を見られる人間に仕立てたろうという望みも、恥ずかしながら持ち合わせとんねん。多少のリスクは負っても、習うより慣れろの産湯に浸からせたらんとなー。ほんま、大将には苦労が多いで」

「あんたの目的って」思わず、さっきは言えなかったことを口走った。「なんなんだよ」

「世の中、もっとおもろないと困るやろ」

「困る？」

「前途有望な青年には、何もせんくせにおもろないおもろない言うて燻っとるうすのろにだけはなって欲しないっちゅう老婆心やがな。例えば自分、今度また近いうち琴平神社に調査に行くやろ？」

「たぶん」

「えらい大変やと思うから気ぃつけえや。竹沢はんにも、学校のジャージはええとして、洒落たスニーカーや気に入っとる上着なんかで行かんように言うたるんやで」

雨や雪でも降ればその日は見送るし、どういうことだろうか。考えをめぐらせてもわからないから、また何度でも黙ることになる。

「しゃーないのー」男は待ってましたとばかりに大きく鼻で息をついた。「青年がええとこ見せられるように教えたるわ。あの山な、斜面はヒバやスギの針葉樹だらけやけど、参道脇のヒサカキの一つ奥には落葉樹がよーさん生えとったんや。コナラが多かったんで、これからの時期、天候次第で葉がどっと落ちよる。ほんでまたあんな落ち窪んだ細い道やろ、風や雨で集められた落ち葉が逃げ場もなく山ほど積もるんは目に見えとるわ。一歩一歩、探りながら進む以外にないやろなー。せいぜい、長い枝でも拾って杖の代わりにするんやで」

それはいかにも腑に落ちる話だった。でも、男がぼくと一緒に話して歩く一方で樹木の種類さえ確かめていたという事実に、そら恐ろしいものを感じるばかりだった。

「人間、暢気なもんでなー、道を歩いてこんなことがわかるだけでも退屈はせんもんや。そういう人間をこの世に何人かでも取り戻そうとするんが、この国のためやないか」

＊

二〇一四年十二月十一日、木曜日、午後四時。気温は六度までしか上がらない予報だ。近くまでバスに乗って来て十五分前に着いたのに、男はもうベンチに座っていた。ダウンジャケットを着て、横にはほとんど物が入っていないリュックサックが置かれている。

「なんべん待ち合わせてもわしが先やのー」

ぼくが隣に腰かけるなり、ポケットから出した缶コーヒーを渡してきた。だいぶぬるくなっているそれを一度握り、自分の上着のポケットに入れた。

「何もせんとただ座っとるんにはたまらん季節やで」

「あんた、ここまでどうやって来てるんだ。駅から遠いし、バスにも乗ってないのに。歩いてきてるのか？」

「タクシーが選択肢に出んお子様に話すことなんかあれへんがな」

「じゃあ、タクシーか」

「何でもええやんけ。わしは秘密主義やねん」

「それは知ってるけど」

帰りだってそうだ。ぼくが後から帰る時にそれとなく捜してみても、皆川城址を出る頃には、もう男は影も形もないのだった。駅の方に向かう出入り口は一つなのに。

「防寒具を買わなあかんのー」そう言って、自分の分の缶コーヒーも出してプルタブに指をかけた。「ほんでまた一ヶ月経ったわけやけども、どないやねん」

「書を集めてた竹沢屋の人間についてわかったよ」

「おいおい」男はプルタブが立ったままの缶を脇に置いた。「大ニュースやんけ」

「儀兵衛って人だ」

「待て待て待て待て、待たんかいな」

男はポケットからメモ帳とペンを出して、ぼくに書かせた。

「一八三八年に生まれて一九三五年に亡くなってる」

「それも書いといてや」と指図する。「にしても相当しぶとく生きとったんやのー。どこから仕入れた情報や」

「竹沢のひいじいちゃんに聞いて、写真は撮れなかったけど家系図も見せてもらった。琴平神社について調べてるから、明治初期の竹沢家のことを教えてほしいって相談したから、怪しまれてはいないよ」

「知らん間にかなり踏み入っとるやんけ。順を追って教えんかいな」

「前にあんたと会って少ししてから、また琴平神社に登った。言う通り、落ち葉で埋め尽くされてて大変だった」

「あのあと雨も降ったからのー。若い男女が苦労して、ちょっとした吊り橋効果やったんちゃうか」男は愉快そうに言った。「頼りがいのあるところは見せられたんかいな」

「だから、付き合うことになった」

男は黙って町を見下ろしながらオールバックの髪の毛を撫でつけ、その手を途中で止めた。それから「ん？」とぼくを見た。「なんて？」

「だから」とぼくは言った。「付き合うことになった」

「誰と」

「竹沢と」

「誰が」

「ぼくが」

「その、琴平神社に行った日のうちかいな」

「そうだよ」

男は呆れるように首を振った。

「別にいいだろ」

「若者のスピード感にはついていかれへんで。まるで動物やがな」首をひねった男はポケットから電子タバコを出した。「詳しく聞いた方がええんか？」

「あんた、タバコ吸うのか」

男はボタンを押し込んだまま、電子タバコをぼくに差し出すようにした。思わず身を引くと、鼻で笑った。

「こんな体に悪いもん、ただで吸うかいな。時間稼ぎと喫煙所での付き合いのために持っとんねん」つまらなそうに言って吸い口をくわえる。

「時間稼ぎってなんだよ」

くわえたまま、うんともすんとも動かない。やがて口を開き、ぼくの前に煙を吹いた。

「自分で冷静さを欠いとるなと自覚する時があるやろ。あとは逆に、冷静でない相手を泳がせたい時とかな。そのために席を外せる手はなんぼあっても困らんがな」

「冷静さを欠いてるのか、今」

「青年がそんなタイプやと思わんかったから、少なからずな」と言ってから、男は「せやけど」と強く言った。「もう半分はメンテナンスのためや。喫煙者は肩身の狭いご時世やからな、コレもあんまり使う機会がないねん。こういう時に動かしとかんと、いざっちゅう時にボロが出てまうからな」

そんなことをぼくにあえて言うということは、男のやり口からすると、案外、本当に冷静ではないのかも知れない。そう考えると、少しうれしかった。

「いや、にしてもや」男はそれも気にしない様子で感じ入っている。「わしの計算では、そんな日が来るのはもう少し先やと思ってたんやけどなー。まあ、早いにしたことないんやけども」

「竹沢の家で研究作業もするようになったから、色々やりやすいと思う」

「現在の竹沢家は、どういう家族構成なんや」

「家には、ひいじいちゃんと、ばあちゃんと、竹沢の両親と、竹沢が住んでる。じいちゃんは竹沢が生まれる前に亡くなってるらしい。だから竹沢は、ひいじいちゃんをじいちゃんって呼んでる」

「人間味のあるええ話やないか。ほんで気になったんやけど、そのひいじいさんはいくつやねん」

「年齢は聞かなかったけど、かなりいってると思う」

「儀兵衛の玄孫にあたるんか？」

「曾孫。自分が小さい頃に亡くなったと言ってた」

「ひいじいさんのひいじいさんが儀兵衛かいな」

「優しい人で、かわいがってくれたから好きだったって。儀兵衛は、商才に長けていて学問もかなりできたらしい。父親の儀助が亡くなって二十五歳で家業を継いで、明治に入って竹沢屋が一番繁盛したのも儀兵衛の代だって」

「ほーん」と男は喉を震わせた。「確かに『地誌』でも、明治八年から十年にかけて清酒の生産高は五百円ずつ上がっとったな。物価の変動もあるやろうし何とも言われへんけど、地租改正がまさに進んどる時にも経営が順調やったんは間違いなさそうや。それで書物も買い集めとったら、村の名士やというのも頷ける話やな」

「竹沢屋は、明治の三十年頃に廃業して農家に戻ったらしい」

「なるほど、百姓上がりの酒屋かいな。ま、もともとの豪農が土地もって濁酒ぐらいは造っとって、近江商人がやって来てっちゅう、ようある流れかも知れんな」

「どういうことだ」

「酒造技術と経営ノウハウは関西で発展したんやけど、それを関東に持ち込んできたんが近江商人や。もちろん関東でも農村酒造はやっとったけど、大抵はささやかなもんやし質も悪い。近江商人は、そこを借り受けたり譲り受けたりしながら、商いにしていったんや。杜氏や職人は冬場に越後からより知識のあるもんが出稼ぎに来て、その他の単純な肉体労働は冬場の百姓のええ働き口や。そういうことは、ひいじいさんに聞かなかったんかいな」

「酒屋時代のことは聞いてない。時期的に知らないんじゃないか」

「まあ、そうかも知らんなー」

「記録も残ってないみたいだから、琴平神社との関係もわからない。今度、神社の方にも訊いてみるけど」

「火事もあったし期待はでけへんやろ。まあ、ここまでわかっただけでもお手柄や。乞食の大将も、ぼちぼち動き出すとするわい」

「ぼくは何を――」

「その調子で情報を集めるんや。特にそのひいじいさんは重要人物やから、上手を言って仲良くしとくんやで」

　全然吸っていなかった電子タバコを大きくもう一口しながら、男は立ち上がった。それから、まるで城内町の町並みにかけるように、蒸気を吹いた。気付けば、遠くの畑の一角から、同じような色をした野焼きの煙が上がっている。こんな、日も暮れ始めようという時に。

「上手くやるよ」とその背中に言った。「あんたの目的はわからないけど」

「初めに会った時が嘘みたいに草も枯れ伏してもうたのー」しみじみ言いながら、男は電子タバコをしまい始めた。「でも、感傷に浸って一服するんにはまだまだ早いわ。せやろ？」

「知らないよ」

「つれないやないか。彼女ができたからて、わしとも変わらず仲良うしたってや」

「大丈夫だよ」

それで今回の報告は終わりだった。男は「用事があるから、ほな」と立ち上がり、南に下りてさっさと帰って行く。

ぼくは男が見えなくなったところで、西の丸のさらに西の階段に向かった。城山を取り巻く曲輪の段をいくつも下りる途中、男が一番下の道に出るのが遠くに見えた。ベンチからは見えないところだ。

左に曲がれば出入り口なのに、男は右に曲がった。西側、ぼくのいる方へ回って来る。慌てて植え込みの陰に身を潜めた。枝の隙間から覗くと、男が後ろを振り返ったり見上げたりするのが見えた。ぼくが見ていないか確かめているのだろうか。再び前を向くと、慌てた様子もなく歩いてくる。

このままだと、ぼくのすぐ下を通る。身を固くした時、男がちょうどそこを避けるように、道を反対側へ外れていった。そっちは濠だ。緩やかに下りて、いったん見えなくなって、奥に上がってきた男の先には、よく見ると草の薄れた道がある。ぼくの知らない道だ。

男はそのまま木々の茂みに消えた。あそこを行けば、皆川城址の西側に出るのだろうが、帰るのとは反対側だし、それからどうするというのだろう。後を尾けようかと考えたけれど、そこで男が待ち構えているように思えて気が引けた。ぼくはまたわざわざ西の丸のベンチまで駆け上がり、呼吸を整えてから、いつもの道をゆっくり帰った。

＊

二〇一五年一月二十九日、木曜日、午後四時。

顔を見るなり「おめでとうさん」という関西弁が遠くから飛んできた。ふっと洩れた笑いを殺しながら、近づいていく。男はダウンジャケットに手袋をはめている。傍らのリュックサックは、物が詰まっていそうに膨らんでいた。

「あんたはこっちで年を越したのか」

「まあ、年末年始にちょろっと故郷へは帰ったで。居心地悪いんで二日で戻ってきたったけどな。わしにはホテル暮らしが性に合ってんねん」

「どこのホテルだよ。栃木？　宇都宮か？」

「文句並べたら年明けから格上げされてなー。県内でいっちゃんええホテルとだけ言うとくわ。そうは言うてもたかが知れとるがのー」

まともに答えないことぐらいはわかっていた。男は毎回、ここまでどう来て、どう帰っているのだろうか。ぼくの心配をよそに、男は普段通り勝手に喋る。

「時に青年、天狗党の乱については知っとるか」

「知ってる」

部の先輩に、それについて詳しくまとめた人がいた。栃木宿が、天狗党によって大きな被害を出したことがあるからだ。

「幕末の水戸藩で育まれた尊王攘夷思想の成れの果てやな。そもそも尊王攘夷とは――」

「知ってるって言ってるだろ」

「念のための確認やがな。今後のことを考えると、青年の知識によっては勘所を外してまう可能性があるからのー。疑っとるわけやなく確かめておきたいねん。それによって、わしの指示も変わってくるわけやしな。極端な話、わしと同じくらいに知っとったらあれこれ口出す必要あれへんがな」

「あんたほどには知らないよ」と素直に言った。

「そらそうやな」男はまったく自然に言った。「せやけど別に、青年がわしに説明してくれてもええんやで。その方が早いがな。聞いとくから説明してや」

なんでだよ、と言うのをこらえたのは、男に認めてもらいたかったからかも知れない。

「尊王攘夷とは」ぼくはなるべくゆっくり話していった。「もともと、君主を尊び外敵を斥けようって思想だ。幕末の日本では、君主としての天皇をゆるがしかねない外国に対して弱腰の立場をとる幕府を批判する立場から、最後は倒幕を目指す思想にまでつながった。幕府批判の中心となったのが、徳川斉昭が藩主をしていた水戸藩だ」

「なかなか上手いもんやんけ」

「ペリー来航の時から徳川斉昭は幕政に関わるようになったけど、開国派の井伊直弼との政争に敗れて、水戸藩も圧力をかけられる。そんな中で、尊王攘夷急進派の水戸藩士が一八六〇年に起こしたのが桜田門外の変、大老井伊直弼の暗殺だ」

「激派といわれとる奴らやな」

「その後も、激派は活動を続け、攘夷の志を持つ者は水戸藩を頼りにするようになる。一八六四年、横浜鎖港の要求を通そうと、激派の一部が筑波山で挙兵する。最初は数十人だったけど、各地から集まった浪士や農民が加わって数が増えていった」

「いよいよ、天狗党の乱の始まりやな」

「天狗党は、もともと水戸藩の中の派閥の名前だけど、今、天狗党と呼ばれるのは、普通はこの乱に関わった者たちのことだ。彼らはまず、家康の祀られている日光を占拠する予定だった」

「権現様の霊廟を本拠地にすれば、幕府側は迂闊に攻撃できんやろという算段やな。わかりやすい奴らやのー」

「でも、各藩の兵がすでに守りを固めていたから、太平山に行ってしばらく滞在した」

「ここから目と鼻の先やがな、今度行ってみようやないか」

いちいちうるさいと睨んだら、大袈裟に縮み上がるような動きをした。

「天狗党は攘夷を口実に各地で資金調達に走った。実際はほとんど強請りで、特に田中愿蔵を隊長とする隊は、各町で放火・略奪・殺戮を行った。中でも被害が大きかったのが、栃木宿だ」

「それは、隊員の多くが太平山から下りた六月のことやった」

ごく自然に話を引き取った得意げな顔をまた睨んだけれど、男は無視だ。

「田中愿蔵がふいに栃木町に戻ってきて、女も含む町民を斬り殺した上で、交渉のため宿に居座ったんや。難航して、いざ金が手に入らんとなったら町に火をつけ回り、消火活動の町民まで斬り殺しながら逃げ去りよった。二百三十七戸が焼失の愿蔵火事と市史に書いてあるわ」

「調べてきたのか」

「当たり前やろ。こちとら鵜の目鷹の目、必死こいて儀兵衛探しをしとんねん。ほんで、それから天狗党はどうなるんや」

「そこからは知らない」と正直に言った。「栃木町でのことしか」

「どないやねん。そこからが大事やのに」

「なんで大事なんだよ」

「天狗党はまた筑波山の方に戻って、各地の勢と合流しつつ、改めて京都へ向かうんや。その時に栃木を通んねん。鹿沼から葛生に行って中山道にのるルートやけど、その時の記録も、栃木市史にまとめてあるわ。ありがたい話やのー」

楽しそうに話すこの男はちゃんと仕事をしているんだろうか。

「どうも一部の資金調達隊は、付近の村々にも来たみたいでなー。栃木町で評判落としたもんで手荒なことはせんようになったみたいやけど、上納金を各村で手当たり次第に要求しとったんや。「近々横浜異賊を征伐することになって千八百余人の旅行やから一日あたり五百両かかる」と苦労を話して強談に及んだということや。横浜異賊は鎖港に動かん奴らを指すんやろなー」

「皆川城内村にも来たのか」

「そうやがな」男は堪えきれずという感じで笑い、コピーした資料を出してきた。

「市史に載っとる一八六四年十一月五日の天狗党の動向に関する記録や。ここに、皆川城内村の竹沢儀助から金百五十両とあるやろ」

返事ができなかったのは、「一八六四年」と「竹沢儀助」の表記に胸騒ぎがしたからだ。

「城内村の名主や他の村の名主も同じように要求されたようやけど、出した金額は何十両かがほとんどや。ほんで竹沢儀助は「被申付候金高」が千両やと書いてあるやろ。これは最初に天狗党から吹っ掛けられた額やけど、断トツで高いがな。これ見たら、やっぱり竹沢家は幕末からかなり潤っとった様子やなー」

「でも、それが」昂奮で言葉が出て来ず、ぼくの口は情けなく歪んだ。代わりに、その日付を指した。

「一八六四年の十一月の話やねん」

「儀兵衛は一八三八年生まれだから、もう二十五歳を過ぎてる」

「せやねん。ひいじいさんの話なら、この時の主人は儀助やなくて、すでに息子の儀兵衛のはずやがな」

案外落ち着いている男の声が、ぼくの頭を少し冷やした。

「でも一年だけだし、記憶違いかも知れない。儀助についてそれとなく聞いて確かめれば――」

「わしかて、これしか記録がなければひいじいさんの記憶違いかも知らんから、ちゃんと証拠を出させて確かめてこんかいと言うがな」

「他に何かあるのか」

「大ありやがな」そこでもったいぶるようにポケットに手を突っ込んでから、男は続けた。「市史を探すとな、儀助の名前は一八八一年まで確認できるんやけど、儀兵衛なんて一つも見当たらんねん。ほんで、それ以降は竹沢家自体がぱったり姿を消してまうんや。まあ、この時期が竹沢家の衰退の始まりなんやろうと思いながら、しゃあない同時期の資料を当たったろと色々調べとったら、おもろいもんを見つけてなー。これは傑作やで」

「どういうことだよ」

「知らんやろうからわしがみな言うたるけど、天狗党の乱の三年後、出流山事件ゆうのが起きるんや。これも尊王派の志士が挙兵した事件で、天狗党の再来やとして出流天狗と呼ばれたそうや。その何人かの代表が栃木陣屋に出向いて資金面での協力を要請したんやけど、栃木陣屋はもう慣れたもんでな、金を出す言うて接待しながら裏で幕府や他藩に知らせるんや。それで駆けつけた兵が隊士を殺すんやけど、一人には逃げられてもうた。こらあかん、怒った出流天狗が攻撃に来るかも知らんがなと、藩の兵に加えて栃木町民も町兵隊を組織して待ち構えるんやな。もちろんこれかて天狗党の乱の苦い記憶の為せる連帯やで。ところが、文句言いにやって来たんは西山謙之助いう男を含めた三人だけでのー。西山謙之助は、巴波川にかかる幸来橋を渡って木戸を開けさせたところ、床屋の前で取り囲まれて殺されたとゆうことや。錦着山に、西山謙之助を悼む碑が立っとるわ」

錦着山は、皆川城址から栃木市街地の方へ四十分ほど歩いた永野川沿いにあり、今は公園として整備されている。ぼくはその碑のことは知らなかった。

「それが竹沢儀兵衛と何の関係があるんだ」

「この戦いについてはいくつかの記録が残されとんねん。戦闘に参加した館林藩士とか、栃木宿と関わりのある商家の文書とかな。あとは、巴波川のそばに岡田記念館てあるやろ」

それは、江戸時代から今も続く旧家だ。巴波川沿いの発展や文人交流の中心にあった家で、今は記念館として屋敷や別邸が公開されている。

「天狗党の乱や出流山事件の頃の当主は岡田嘉右衛門親之いうんやけど、そいつが筆忠実《まめ》でな、日記を残しとんねん。町の顔役として集まってくる情報をまとめたんやな。それらを綜合すると、まあ何が起こっとったか、おぼろげながら見えてくるっちゅうわけや。面倒やからいちいち資料は見せんけど、まあ、信じてくれや」

ぼくは一も二もなくうなずいた。

「まず、馬に乗ってやって来た西山謙之助が木戸の前に立って「開門せよ」と叫ぶわな。内からその木戸を開けたのは石川久三ゆうもんやったそうや。かわいそうなんは、栃木城内村の名主の大沢家の倅の青年が謙之助に斬りかかったんやけど、逆に斬られて川に落ちてもうてな、岸に上がろうとしたら混乱した人々から敵やと勘違いされて刀振るわれて上がられへん。仕方なく浮かんどった舟にすがりついたら、舟頭に棹で叩き落とされる。しまいには這い上がったところで多人数に打ち殺されてしもたんや。大沢家では、翌日になっても息子が帰らんと騒ぎになって捜し回ったところ、四つあった晒し首の一つが倅の首やとわかったそうや。気の毒な話やの―」

ぼくは男の話に聞き入っているのに気付いて「その話の何が竹沢家に関係あるんだよ」と言った。

「ちょっとぐらいもったいぶらせてくれたってええやないか」男は親指で目やにを取りつつ不満を言ったが、すぐに始める。「結局、西山謙之助は討たれたわけなんやけど、そのとどめを刺したんが、驚くなや——竹沢儀兵衛やと書いてあんねん」

「どうして」思わず言ってから「同姓同名じゃないのか」と付け足した。

男は声を抑えて笑いながらぼくの膝頭をつかんだ。それでぼくは、自分の膝が軽く震えていることに気付いた。

「その後にこういうことが書いてあるんや。儀兵衛は齢三十になる皆川の酒造竹沢屋の一人息子である。町の某と盛んに交流してそれなりに学識ある者だが、国学嫌いが高じて町兵隊に加わっていた」

男は、驚いているぼくの膝へ何度も力を込めた。

「つまり、天狗党の乱から三年経った一八六七年の時点でも儀兵衛はまだ跡取り息子で、親父の儀助は健在や。にしても「それなりに」いうんがええやないか。こんな奔放に振る舞っとるドラ息子が竹沢家の最盛期を築いたなんちゅうのは、どうも眉唾やなー」

「竹沢のひいじいちゃんが、嘘をついてるってことか」

「儀兵衛の生年以外はめちゃくちゃやからな。市史に残されとるもんを、その家のもんが間違えて記憶しとるとも考えづらいやろ。もしくはボケとるかやけど、どないや？」

「そんな風じゃないけど。嘘をつく理由がないじゃないか」

「わしはな、儀兵衛は「国学嫌い」やったっちゅう部分が引っかかっとんねん」

男は岡田親之日記の該当部分を爪で叩き、ぼくの目をそこに向けさせた。

「前にも説明したように儒学思想から国学が出るんやけど、それは古代日本人の精神性である古道を解明していく流れと、実証により古典の文献考証をしていくもんとに分かれるんや。大雑把に言うたら、前者は賀茂真淵や本居宣長から、平田篤胤の復古神道となって、後期水戸学まで行くと世相も相まって天狗党の尊王攘夷論になるわけやな。出流山事件で死んだ西山謙之助の師も平田鐵胤、平田篤胤の婿養子や。つまり、幕府が奨励した学問が、長い年月を経て、天皇を敬い幕府を倒そうなんて思想へと繋がってもうたんや。ほんでそのまま明治維新やがな。となると、どうして町民に寄ってたかって殺された西山謙之助の碑が、その町の公園に建つかわかるやろ」

「尊皇の志士だからか」

「そうや、碑が建つのは事後やからな。勤皇の志半ばで死んだ男を遡って讃えることが、天皇賛美につながるわけや。間違っても、そんな英雄にとどめを刺した国学嫌いの男の碑は立たんねん」

「じゃあ、明治になって儀兵衛は」

「逆賊とは言わんまでも疎まれたはずやで。そんな例は山ほどあんねん。天狗党の制圧のために藩や幕府に駆り出された農民も、維新後にはなかなかしんどい思いをしたようや。時代の変化っちゅうのは恐ろしいの―。まして、各村は尊攘派の天狗党に金を差し出しとったやろ、維新後、自分らのしたこともまた正当化されたわけや。となると、西山謙之助殺しの話が村に伝わっとったとして、儀兵衛の立場は推して知るべしやろ」

「竹沢屋の廃業も、儀助が亡くなって儀兵衛が跡を継いだからかも」

「ひいじいさんの言うたんが正しいとしたら、そういうことになるわな。せやから、もしも戦前を生きとった竹沢のひいじいさんが純朴な高校生に説明したろうっちゅう時に、歴史をねじ曲げて儀兵衛の方をなきもんとするならまだわかるんや。でも実際は、おそらくその親父にあたる、市史の記録の要所に残る儀助の方をだいぶ早く死なせて、「国学嫌い」の人殺しの儀兵衛が竹沢家の一時代を築いたと世迷い言を並べとるわけや。耄碌しとるんならそれでええけども、何か考えがあってやっとることなら、これはややこしいで。闇雲に突っ込んだら、つむじ曲げて何の情報も引き出せんようになるかもわからん」

「そもそも、儀兵衛が「国学嫌い」になったのはどうしてなんだろう。それも天狗党の乱が影響してるのか」

「そう考えたくもなるやろうけど」そこまで言って、男は堪えきれないという風に笑い出した。「もし青年にもっと知識があれば、他の可能性も考えてみるやろなー」

「どういうことだよ」思わず棘のある声が出た。

「小津久足は、本居宣長の長男である本居春庭に国学を学んで、門弟の中でもかなり上の立場におったんや。ところが、宣長の著作を参照しながら各地の式社を実際に訪れるうちに、書かれとる地理が間違いだらけであることに気付いてのー。国学なんて机上の学問に過ぎないやないかとショックを受けたんや。でも、周囲の人間はそれに気付かず、ありがたがって勉強しとるだけや」

「小津久足も国学嫌いなのか」

「諸国を回って紀行文を書くうちに、予感が確信に変わっていく感じやな。与えられたもんをはいはい学ぶだけの人間やなかったし、裕福な商人の家柄も手伝って見聞を広める中で、独自の哲学を確立していったわけや。一八三四年の『花鳥日記』には「やまとだましゐとかいふ、無益のかたくな心はさすがにはなれたれば」とあるわ」

「儀兵衛の「国学嫌い」は久足の影響なのか」

「それを考えるために、せなあかん質問があるやろ」

質問はすぐに浮かんだ。「儀兵衛の持ってる『陸奥日記』は何年に書かれたんだ」

「一八四〇年や。こんな文もあんで」男はそこで咳払いした。「かの古学にこゝろざしふかゝりしほどは、つねに心は不平にて、身にあづからざる世のさまをうらみかこちなどして、楽てふことはかりにもしらず、明くれはらだゝしくのみくらせしも、今はそのなごりもなく、雪月花、山水のさかひにくらせば、心不平ならず、楽いとおほくて、俗臭ふかき本居門にはまれ人なりと、われからほこらしきまでにて、もし今までも古学をまもりなば、としぐ〵山水の勝をさぐらず、たゞ机の上にのみくるしみて、井蛙のたぐひとなりぬべきを――」

そこでやっと切れた長い暗唱に、また男の底が遠ざかる。ぼくが言葉を返さないのを見透かしたように、男は説明を加えた。

「古学はもともと朱子学を否定する儒学の一派のことを指すけども、久足の使い方やと、ほとんど国学と同義や。さっき言った古道を研究する学問やな。それを本居門で学んどる間は、心は不平で世間を恨み嘆き、楽を味わうことなく腹立たしく暮らしとったと振り返っとる。そこから離れて実地を歩み、自然に親しんで過ごしてみると、まるでその逆や。俗っぽい本居門の奴らにはわからんやろなと誇らしく思いつつ、わしもあのまま国学に入れ込んどったら、外の世界を知らずに机に向かうだけの井の中の蛙やったろうなと、こういうわけや」

「でも、久足の国学嫌いと儀兵衛のとはちょっと違う気がするけど」

「まあ、それが儀兵衛の「それなりに」っちゅうとこちゃうか。久足みたいに、家業を滞りなく進めながら自分の学問と思想を深めるような金も頭もなかったわけや。あとは、酒の取引で出入りしとったんやろう栃木町を守ろうとする気持ちも汲んでやろうやないか」

「久足の『陸奥日記』を手に入れられたのも、栃木町との付き合いがあったからかな」

「おそらくそうやろ。ただ、国学嫌いやから『陸奥日記』の写本を手に入れたんか、『陸奥日記』の写本を手に入れたから国学嫌いになったんか、それはちょっとわからんわ。ただ、嫌うにも最低限の知識は必要やし、あの蔵書はほとんど儀兵衛のもんっちゅうことは間違いないやろ。そこだけはひいじいさんを信じてもよさそうや。しかし、ここからの展開は微妙なとこやの一」

「急ぎでぼくがすることはないのか」

「そうやなー。学問に関してはな、拙速は巧遅に如かずが金言なんや。もちろん、他の情報集めは粛々と続けてもらわんと困るで。琴平神社の調査研究もしながらやけどな」

「今度、琴平神社の石造物の調査に行く。年代とか寸法とか石材とか、全部わかる限り一覧にするつもりだ。一回じゃ終わらないだろうけど」

「ええことやがな。手水鉢は銚子石やったし、色々わかることもあるはずやで」

「石の種類までわかるのか」

「いちいちうるさいのー。なんでも、学ぶうちに知らなあかんことが無限に出てくんねん。わしが今知っときたいんは、ひいじいさんの人となりや。研究とは別に貴重な話をうかがいたいとでも言うて世間話して、些細なこともわしに知らせてくれや。青年かて、彼女の家の人間と仲良くするんにこしたことないんやからなー」

＊

二〇一五年二月五日。前回から一週間しか経っていないけれど、素数の木曜なんだから仕方がない。雨の予報の通りに、向かっている途中でぽつぽつ降ってきた。

男はベンチ全体を覆うような大きな傘を差していて、ぼくにその下へ入るよう手招きした。ぼくは自分の傘を畳んでその通りにした。

「どや、何かわかったか」

ぼくは石造物の調査結果など、新しいものを渡した。それを興味深そうに見て何度か頷く男に、一番大事な報告をする。

「日曜に竹沢の家に行った時、ひいじいちゃんが蔵書目録の下書きがあるって見せてくれた。前に目録の話をした時は出してくれなかったから、少しは打ち解けてきたのかも」

「順調やないか。でも、青年は提出された方を持っとるからなー。それは見せても問題ないっちゅうことかも知らんな」

「そうだと思う。見せる情報はコントロールされてる気がする」

「だから怪しいと言うてるやろ。まあ、そうやないと気にもならんのやけどな。ほんで、その下書きとやらに何か興味深いもんはあったんかいな」

「写真を撮ってきた」と言いながらスマホを操作する。「変わってるところは三つあった」

「どういうことやねん」

「まず」と適当な二、三枚を男に見せた。「全体の筆跡が違う。全部この字で書かれてる」

「ほんまやな」男は険しい顔になった。「わしらが持っとる目録とは確実に別人や。にしても下手な字やのー」

「次に、表紙」

四方が破れて途中の一字しかわからないが、隅に〈売〉の文字がかろうじて見え、〈明治二十八未年五月〉とある。

「この〈売〉っていうのは、そのまま売るってことでいいのか」

「明治二十八年に、蔵書を売ろう思てリストを作ったのかも知れんなー。それか、売るもんと売らんもんに分けられとって、こっちが売るもんやったとかな。自分には不必要な国学の書物だけを売ろうとしたんかとも考えられるけども、それにしては他の本もあるし、売るためのリストと考えた方が自然やろな」

「じゃあ、純粋にお金のためか」

「竹沢屋の経営が傾いとった可能性はあるわ。廃業がいつやったか覚えとるやろ？」

「明治の三十年頃だ」

「ぴったり重なるわけや。この見立ては捨て置けんなー。ほんで、もう一つはなんやねん」

少し手間取って出したのは、〈皆のあらばしり　二点〉という表記だった。それを見て、男の顔つきが変わった。

「下書きでは二点だった『皆のあらばしり』が、最終的には一点になってる」

「おもろなってきたやないか。青年はどう思た？」

「本物があるとしても、出版された本じゃないんだろ」

「なんせ小津久足は、馬琴に出版したらどないやと水を向けられても断固拒否した人物やからな。馬琴は友人にもおべんちゃらは言わんから、普通の男なら有頂天になって飛びつくとこや。それでも久足は、生涯商人の矜持をもって歌い続け、紀行文を書き続けたんや。そら、手稿本に決まっとるわ」

「だから、借りて写して、返す」

「そういう業者もおったし、馬琴も、久足に借りた紀行文を書写してから返しとるで」

「なら、一点が本物で一点が写しならありえなくもないのか」

「まあ、写し終えた原本を何らかの事情で返しそびれたか、返さなかったかと考えればな。ただ、何度も言うけど、小津久足が『皆のあらばしり』を書いたっちゅう記録は一切ないねん。ない以上は偽書である線を第一に考えんかいな」

「だとしたら、そもそもなんで二冊あるんだよ」

「そこや。同じ小津久足の『陸奥日記』は一点だけやからなー。特別な事情があると思うんが普通やろ。例えば、筆跡が違うんも考慮して、こういう絵は描けるかも知らん。まず、ひいじいさんが蔵書目録の下書きと言うたもんは、儀兵衛ではなく、別の者が私財差し押さえのためにやって来て記録したもんや。そこには『皆のあらばしり』が二つあったんで、そのまま書かれた。儀兵衛はまずいと思って、目録を自分で書き直して、後で差し替えた。変更箇所は一点だけやから見つからんやろうし、一つ目のは下手な字やし、素直に説明すればそない難しいことないやろ」

「なんで二つあるとまずいんだよ」

「一つは草稿、一つは浄書やからや」男はぼくの目を見て、噛んで含めるように言った。「ええか、この『皆のあらばしり』の浄書を本物の写本と思わせたいなら、それを書き上げる過程の草稿があったら一発アウトやねん。小津久足の下書きがここにあるはずないんやし、筆跡も浄書と同じなんやから。儀兵衛は『皆のあらばしり』をあでもないこうでもないと推敲しながら自作して、その跡のべったりついた草稿本を、自分で浄書したんや。ほんでそれを、小津久足の『皆のあらばしり』の写本やっちゅうことにして、売られゆく本の中に忍ばせたんや。つまり、自作の偽書『皆のあらばしり』のただ一冊を、こっそり世に流通させようと目論んだっちゅうわけやな。そうやとしたら、儀兵衛はなかなかの策士やで」

耳にする言葉によって儀兵衛という人物が急にくっきりと姿を現していく。ぼくは何も言えずにただ息をしていた。

「まあ、あくまでこれは都合のええ推測やで。せやけど、そう考えてみたら、下書きの方は今も竹沢家にあるかも知らんとなるんやから、信じてみたいと思うやろ？」

「思う」

「ほんでそこには、不遇の儀兵衛が何でそんなややこしいことをしたんかという目論見まで透けて見えるはずや。久足と儀兵衛の生きとった時代は重なっとる。その久足に、わざわざ自分の住む皆川まで来させて紀行文らしきもんを書かせ、酒に関する題を付けとるんやで。おまけに「国学嫌い」や」

「自分と久足のことを書いてるかも」

久足は一八五八年まで生きた。『皆のあらばしり』がいつのことを書いているかはわからないけれど、一八三八年生まれの儀兵衛はそこに登場して何の不思議もない。ましてや、儀兵衛が自分で書いているのだから。

「そうや。各地に残る聖徳太子伝説を、小津久足でやっとるかも知らんな」

　ぼくの顔はどんなに輝いていただろう。ふと、男の厳しい目が向けられているのに気付いた。

「何度でも言うとくけど、あくまでも推測やで」釘を刺しながらも、すぐに口角だけが崩れた。「けど、おもろなってきたやないか」

「おもろなってきた」

「なんやそれ」男は顔を前に向け、片手で傘を器用に回して水滴を飛ばした。「とにかく、まずはひいじいさんから情報を引き出さんとなー」

「あの人」ぼくは思い出して言った。「予科練だったらしい」

「えらい突然やな」

「学校に入ってた時、偉い写真家が来て、一緒に寝起きして撮影したんだって自慢してくれたよ」

「土門拳のことや。耳寄り情報やな」

「そうなのか」

「土門拳が行ったんは茨城の土浦海軍航空隊で、一九四四年六月のこととはっきりしとるんや。せやから、今まで聞いとらんかったけど、ひいじいさんの年齢も八十代後半やとわかるわ」

「八十八だ。この前、米寿のお祝いをしてた」

「そらめでたいわ。ほんで今後の質問の仕方によっちゃ、ひいじいさんが息を吐くように嘘をつく男かどうかわかるかも知らんのー」

「どうしてだよ」

「土門拳が寝起きを共にして撮影したんは、幹部搭乗員育成のための甲種の予科練生たちや。予科練はな、一九四四年にもなると人員不足で、甲種に乙種、乙種の短期育成枠まで広く募集して、有象無象を大量採用するようになったんや。終戦間近になると逆に飛行機が足らんから、大半は土方に回されて、「どかれん」と呼ばれとったぐらいでな。もしほんまに甲種のエリート様なら、間近で目にした土門拳の、具体的で興味深い話が聞けるはずやけどなー」

「ひいじいちゃんが、その、甲種じゃないかも知れないって言いたいのか」

「そうは言わんけども」男は悪そうに笑った。「もし「どかれん」なら、ひいじいさんはなかなか曲者やっちゅう話やがな。これは、嘘をつくんが良いとか悪いとかいうことやなく、嘘をつく人間かどうかでわしらの対応もそれなりに変わるゆうだけの話やで」

確かに、儀兵衛が嘘つきだと思わなければ見えてこないものがあった。人がそれぞれに違う知識や思想で語るのだから、嘘や間違いの混ざっていない歴史の方が少ないのかも知れない。本当が嘘になり、その反対もあるだろう。竹沢のひいじいちゃんが曾祖父である儀兵衛をかばって歴史を偽るというのも、大いにあり得ることのような気がしてきた。儀兵衛と竹沢のひいじいちゃんの生きた時代だって、わずかながら重なっている。そこで何があったのか、ぼくたちがはっきりと知る術はないのだ。

「そもそも、わしらだって大嘘つきなんやからな。良心の呵責っちゅうもんの出しどころをわきまえなあかんで」

男は竹沢の家のある方角を見ている。そのあたりは強くなってきた雨でけぶり、よく見えなかった。

竹沢のひいじいちゃんには悪いけれど、ぼくはこの男につくだろう。こんなおもしろいことがやめられるものか。でも、今日はその意志と反対のことを伝えなければいけなかった。

「次の二月十九日と、その次の三月五日、ぼくは来られない」

「なんでや」

「二月十九日は個人面談がある」

「三月五日は？　テスト期間か？」

「それは四日で終わるし、テスト期間なら来るよ。五日はテスト休みだ」

「ほな、なんでや」

「竹沢の誕生日だから」

一瞬のたじろぎを恭しい拍手に切り替えた後、男はぼくの顔を指さしてにやにや笑った。「そらぁそっちを優先させんといかんわなー。なんかお祝いしたるんか」

「考えてる」

「ええやないか」

「ディズニーに行きたいって」とぼくは言った。「好きなんだ」

男は拳を口に置いてしばらく黙っていた。雨の音が少しずつ強くなる中、視線は竹沢の家の方に向いている。ぼくも町を見下ろして何も言わない時間が続いた。

男は突然、ぼくに傘を押しつけた。そして、勢いよく立ち上がった。

「今日はここで解散や」そう言って数歩前に出て首を左右に鳴らしたあと、振り返ってぼくの背後の遠くを見た。「こっからはわしの一人言やで」

ぼくはポケットに片手を突っ込んだまま、わけもわからず聞いていた。

「わしは青年にほんま感謝しとるんやけど、どうもその気持ちを表に出すんが苦手でなー。せやからいつも機を逸して、感謝の念は形にならんで終わりよる。でもな、そこらに立っとる石碑石仏墓石を見んかい、伝わらんでも人の思いが残る法もあると知らせとるがな。その思いを後世の人間が汲んでやれば、当人たちも報われるっちゅうもんやないか。せやからわしも、さすがに石を立てるわけにはいかんけど、渡そうとして渡せんかったもんは、なんでもかんでも埋めることにしとんねん。風化せずそこに留まったもんをいつか掘り起こした誰かが、そこに込められた感謝の思いを察してくれるかも知らんからなー」

男はベンチのわきのツバキの前にしゃがみこみ、手で掘り始めた。ぼくも立ち上がって、二人の上に傘をさして覗きこむ。木陰の土はまだ乾いていた。すぐにジップロックに包まれた平たいクッキー缶が出てきて驚いた。開けると、千円札がかなりの枚数入っている。

「青年に渡そう思てた手間賃も、だいぶ貯まってもうたなー。わしと会っとる時間と、会うための移動の時間、ざっと時給千円で換算しとるから、相当なもんや。慎み深い青年のことや、遠慮するに決まっとる思て渡せなかったんよなー。いやー、これを知らんうちに本人が見つけてこっそり持ってってくれたら、それが一番なんやけどなー」

「そんなの、いつ埋めたんだよ」

それを無視するような間を置いたあと「しっかし」と男は言ってこちらを一瞥した。「帰った振りして、見つからんよう回り道してここに戻ってくるのも難儀なもんやったで。一度なんか、怪しい奴に見張られとって裏から退却せざるを得んかったしやなー」

やっぱりバレていた。でも、これで謎が解けた。男はいつも、先に帰ったと見せかけて、ぼくより後に帰っていたのだ。こんな、よくわからないことをするために。何のためにこんなことをするのか。いざという時にぼくを説得するためだろうか。

「そうや、今日の分の三千円と一緒に、これもつけといたろ」

男は財布を出してきて、ミッキーマウスとチップとデールの描かれたカードを二枚取り出した。

「入場券？　いつも持ち歩いてるのか」

「アホ、パスポート言うねん。ほんでわしの一人言に口挟むなや」こちらを見ないで文句を言いつつ、説明を続けた。「ちょうど株主優待のをもろて、どうしようかと思っとったんや。ゴルフの相手にけったいな会社役員がおってのー。大して上手くもない癖に縦も横も握りたいと抜かしよるから、大事な取引先でもないし、こてんぱんに叩きのめしたったんや。そしたらあの薄らハゲ、我でも大叩きしよってなー、手持ちが足らんからこれで勘弁してくれと泣きついてきたんや」

「よくわからないけど、賭けゴルフしてるってことか」

「一人言なんやから、自分にだけわかるように喋るに決まっとるがな」

何を聞かされているのだろう。でも、なぜかその言葉を聞いて、男は本当にぼくのことを思ってこんなことをしているのかも知れないという考えが浮かんだ。

「まあでも、あのド下手のおかげやから、悪口はこれくらいにしといたるか」そう言ってから「えー、ほんで、これを二枚」とパスポート二枚を缶の中に放り込む。「研究調査のためやと朝方から動き出して、特急で栃木から北千住、八丁堀、舞浜と、二時間ちょっとで着くわ。九時から開園やから、こっちに六時に帰ろう思たって、まあ六時間くらいは遊べるやないか。これまでの手間賃もまとめて持って行ってくれたら交通費もまかなえて、ランチに軽食、土産の一つや二つも買えるわい。そんな祈りの言葉を唱えつつ、こうして缶にお納めしとくわ。ま、青年に届くかはわからんけど、お供えみたいなもんやからなー。しかし、土が冷とうてかなわんのー」

ぼくは、わざわざ缶を埋め戻す男をじっと見ていた。

「金は、何から何まで出したら引かれるかもわからんから、そこは相談した方がええかもなー。パスポートについては、わしにもろたと言えばええんや。偶然再会して、観光案内してくれたお礼にくれたとかなんとか言うてな。嘘に隠した真が身を助くんやで」

男は土を踏み固め、枯れ葉をすくってきてその上に撒いた。そして、聞こえよがしに大きく手を払い、息をついた。

「ほな帰ろ」そっぽを向いたままぼくから傘を奪い、踵を返して荷物を持つ。「いやー誰にも見られてないとええけどなー」

男はぼくなどいないように周囲を見回し、帰って行った。大きな傘の下のどこか意気揚々とした足取り。ぼくはそれを呆然と見送るだけだった。

＊

二〇一五年三月十九日、木曜日、午後四時。

午後は雨の予報だったけれど、ずっと曇り空が続いたままだ。満面の笑みで迎える男がいつにも増して不気味だった。爪の間に土が入っていて、沢山の大きな花を咲かせているツバキの下に新たに掘り返された跡がある。もちろん、こんなこともぼくが気付くと承知の上でやっているのだろう。

「誕生日、どやった？」

「よかったよ」とぼくは言った。「ありがとう」

「何のことやらわからんけど、とにかくよかったのー」

一ヶ月以上も前のやりとりを続けたいのか続けたくないのかわからないが、男はとにかく上機嫌だった。

「ディズニーには行ったんか。どっち行った？」

「シーの方」男に背きながら言った。「竹沢が、そっちの新しい猫のぬいぐるみが欲しいって」

「ジェラトーニやん」

「ジェラトーニやん、ってなんやねん、ジェラトーニやろがい」

「そうだけど」

「何乗った？　朝イチで行ったんか？」

「そうだよ」と長く目をつぶった。「開園に合わせて」

「道に迷わんかったか？」

「大丈夫だよ。竹沢が細かく調べてきてたから」

「頼りになる子やのー。あれ、ファストパスとかわかったか？　お上りさんが連れ立ってからに」

「それも竹沢が調べてきてたから」

「使いこなせとるかは疑問符がつくけどもなー。ほんで何乗ったんやって。こちとら券も金も出しとんねん、教えんかいな」

「言っちゃうのかよ」呆れたついでに教えた。「まず、真ん中にある」

「センター・オブ・ジ・アースやんけ」

それからも男は順を追って事細かに尋ねてきて、思い出すのに苦労した。ただ、男はアトラクションはもちろんのこと、昼食の場所も軽食も把握しているらしく、何か言えばすぐにそれらしき名前を言ってきた。ちょっとした言葉の綾での勘違いにも騒いだ。

「なんや、そんならジャスミンのフライングカーペットも二回乗っとるやんけ」

「そんな事細かに覚えてないよ、うるさいな。二週間前なんだから」

「覚えといて普段の何気ない会話でぽっと言うてみ、竹沢はんがどんなに喜ぶか」

「それはあんたの接待術だろ」

「接待術はな、結局は思わぬことを覚えておいてくれたっちゅうことに尽きるんや」

「本当かよ」

「今までわしが青年に嘘を言ったことがあるかいな」

「沢山あるだろ」

「そらすまんな、謝るわ。でも、今言うたことはほんまやから頭の片隅に置いておくといいわ。で、何時頃に帰ったんや。夜のパレードは見られへんかったやろ」

「四時頃に向こうを出た」

「そうかいな、そうかいな」

「帰りの電車で、竹沢に『皆のあらばしり』のことを話したよ」

「急に何言うねん」男は思わずといった感じで語気を荒げた。「おい、勝手なことしたらあかんがな」

「もちろん、あんたのことは言ってない」

「そういう問題や」男は口元を手で覆い、言葉を慎もうとするように言った。「ないがな」

「どういう問題だよ。そうしないと家の中を調べられないだろ」

「竹沢はんには何て言うたんや」

「蔵書目録の中に不思議な本があるって言っただけだ。琴平神社が一番栄えてた頃の先祖が持っていて、しかもまだ見つかってない本だって」

「なるほどな」男は少しトーンを落としたが、手は口元に置いたままだ。「まあ、それならええか」

「タバコ吸わないのか」

「誰が動揺してんねん」と言うついでに手が外れた。「竹沢はんは乗り気なんか」

「乗り気だよ」

「家族に言わへんやろな」

「ひいじいちゃんが何か隠してるのは、竹沢も話を一緒に聞いてるから感じてる。ぼくらでこっそりやろうってことになってる」

「こっそりやろう言うてもな」

「何かいけないのか」

「いや」男は横目でぼくを一瞥した。「あかんことないわ。ただ、これまでわしの言う通りにしてきた青年が、何を企んどんのかなーと思てな」

「ぼくは」と男の方を見ずに言った。「そろそろ、あんたの本当の目的を教えてほしい。そうじゃなきゃ、これ以上は協力できない。ぼく次第なんだから」

「そんなん言い出すからにはわかっとるんやろ。わしは個人的に『皆のあらばしり』を手に入れられるように事を進めとんねん。ほんまに存在すればやけどな」

男があっさり言うものだから、今度はぼくの方が身構えることになった。

「いや、この言い方やと納得せんか」男は指で口をつまむようにぬぐってから言った。「わしはな、『皆のあらばしり』を誰にもわからんように盗み出したいねん」

「盗んで、どうするんだよ」

「そら」と口走ってすぐ、いつものように言葉を続けそうなところで止まった。そして、静かに息を吸いこんで、ゆっくり言った。「商売や」

口は今にも笑いそうに歪んでいたけれど、細い目の奥はじっとぼくを見据えている。ぼくも強く見つめ返した。それを確かめると、男は視線を町に落とした。

「こういう変わった一点もんには色を付ける奴がおんねん。簡単に言うたら、名の知れとる小津久足より儀兵衛を喜ぶような連中やな。一回そっちに入ってもうたら、しばらく表には出回らんわ。まあ、何年後かにひょっくり市場に顔を出すかもしれんけども、こんな田舎まで伝わることもないやろ。ひいじいさんも草葉の陰やろうしな」

「あんたの目から見て『皆のあらばしり』はすごいものなのか」

ポケットから電子タバコを取り出して点ける間、男は喋らなかった。一息吸いこんで吐いた蒸気は冬ほど目立たず、すぐに口先で見えなくなる。

「会った時に、このツバキの種の話をしたやろ」男は大きな白い花に触れて言った。「発芽せんでも種は種や。日陰の方に転がって誰も気付かんでも、間違いなく芽を出す力を秘めてそこにあんねん。竹沢屋儀兵衛の、芽は出んままでも乾かんかった思いが、この『皆のあらばしり』やないか。わしらはそれを見つけたと考えてみぃ」

ぼくは白い花を見つめた。そして、中に通る幹をすっかり隠している、冬でも落ちない逞しい葉を。

「書いたもんはすぐに読んでもらわなもったいないと思うんが大勢の世の中や。ひょろひょろ育った似たり寄ったりの軟弱な花が、自分を切り花にして見せ回って、誰にも貰われんと嘆きながら、いとも簡単に枯れて種も残さんのや。アホやのー。そんな態度で書かれとる時点であかんこともわからず、そんな態度を隠そうっちゅう頭もないわけや。そんな杜撰な自意識とは対極にある『皆のあらばしり』みたいなほんまもんを引っ張り出すんがわしの仕事やねん」男はおもむろにぼくの肩に手を置いた。

「素敵やん？」

冗談のつもりだったかも知れない。でも、ぼくは不覚にもその通りに思った。

「さて、わしの思いの丈を聞いたとこで」頷いた男の目がぼくを見据えた。「青年はどうするつもりや」

知識は別にして、男の言うことは何でも嘘だと思ってきたけれど、今はそう思えなかった。男が嘘つきなら嘘つきで構わない。騙されたって構わない。

「ぼくはあんたに興味がある。あんたの仕事にも」

「そら光栄やのー」

「だから、協力するつもりだ」

「ほな、わしらは今から正式に仕事仲間や。わしは普段、こんな馬鹿正直に正面突破するような真似はせえへんねんで。青年やからするんやで」

ぼくはうれしかった。そのつもりで、男に話すことを用意してきていたのだから。

「この前、何か残ってないかって竹沢家の大きな物置をさがしたんだ。農業日誌とか、割と古いものもあったんだけど、儀助や儀兵衛の時代のはなかった。家の人たちも残念だって暢気に言うくらいで、何も知らないみたいだ。大事なものがあるとすれば、全部ひいじいちゃんが管理しているんだと思う」

「わしは、ひいじいさんが天寿を全うするまで気長に待ったってええけどな」と男は悠長に笑った。

「竹沢が張り切ってて」遠慮がちに続けた。「ひいじいちゃんの部屋に怪しい箪笥があるって言ってる。誰も開けたことのない簞笥だ」

「ずいぶん勝手に話を進めとるんやのー」

「ひいじいちゃんはそれなりに歩けて元気なんだけど、トイレと風呂やごはんの時以外はほとんど自分の部屋から出ないし、外出もしないらしい。もちろん、取りはしないよ。まず、あるかどうかを確かめるだけだ。そこで見つからなかったら、多分あの家に『皆のあらばしり』はない。あんただって、存在しないものをいつまでも追ってられないだろ」

「確かめるて一体どうするつもりやねん。ちゃんと絵を描いとるんやろな」

「次の月曜の午前中、家にひいじいちゃんとぼくたち以外いなくなる。竹沢のお父さんは仕事で、お母さんとばあちゃんが、朝から病院に行くんだ。その時に、あんたに電話をかけて欲しい」

「ずいぶん人使いが荒いやないか」

「お互い様だろ」

「意味のあることなら人は動くがな。ほんで、わしが電話をかけたらどうなんねん。聞かせてみんかい」

「ひいじいちゃんが自分で電話に出ることはないらしいから、竹沢が一旦とることになる。あんたは、そこでひいじいちゃんを呼び出してくれ。名前は義春だ。電話してる間に部屋を捜して、あれば文字がわかるように写真を撮ってくる」

「わしに、ひいじいさんとの会話をなるべく引き延ばせっちゅうんか」

「あんたならできるだろ。電話は玄関にあって、ひいじいちゃんの部屋からは離れてるし、あの人の足なら二十秒はかかるだろうから、電話が終わっても、竹沢が見張ってれば、ばれずに出られると思う」

「見張ってればって、竹沢はんにはどう説明するつもりやねん」

「もちろんあんたのことは言わない。電話の取り次ぎが終わって、今がチャンスだとか言えば部屋を捜そうとなるはずだ。そのぐらい、なんていうかやる気になってる」

「間取りはどんなや」男は落ちていた木の枝を拾ってぼくに渡した。「地面になぞるだけでええわ」

ぼくは草の上に玄関の場所を決めて、廊下の両側にある台所と居間、突き当たりの階段と、その前で二手に分かれた廊下を示した。

「右には、入ったことがないからわからないけど、ばあちゃんとか両親の部屋がある。トイレもその廊下の角だ」

「広い家やなー」

「左には仏間と客間が襖で仕切られて並んでて、廊下はその外の縁側につながる。そこをずっと行くと、一番奥にひいじいちゃんの部屋がある。その廊下は、さっき右に分かれた廊下とつながってる」

「回り廊下なんやな。仏間や客間には、縁側の反対の廊下からも出入りできるんか」

「できない。押し入れと床の間と仏壇で埋まってるから」

「なるほどな。そら好都合や」その視線は、間取りをなぞった草の上に注がれていた。

「自分らは普段どこにおんねん」

「研究をする時は客間を使わせてもらってる。だから、電話が終わったらそこに入ってもいいし、ひいじいちゃんが部屋に戻ってくるのとは逆の廊下から階段の方に逃げることもできる」

「昼まで、誰も帰って来ないんやな。母親とばあさんが行く病院は遠いんか」

「自治医大。車で三十分はかかるって言ってた」

「せやなー。大学病院なら半日仕事やろ」

「みんなのお昼も買って帰ると言ってたらしいから、かなり余裕があるはずだ。ぼくは十時に行くようにするよ。いつもそのぐらいだから、別に怪しまれない」

言うべきことはみな言った。男の答えを待つために、ぼくは黙った。

男は何も言わずに、ぼくの手から木の枝を取った。何度か握り直した末にイロハモミジの向こうに放った。それをじっと見ながら、ついているのかいないのかもわからない土を落とすように指をこすり合わせていたが、しばらくしてぼくの方を向いた。

「かろうじて、首の皮一枚でまともな作戦や」指の動きはそこでやっと止まった。

「わしが関わる分な」

「そう思うよ」

「わしならそんな危ない橋はよう渡らんけど、家に入り込めた乞食にしか出来んこともあるやろし、習うより慣れろと言ったこともあったがな。それに、ひいじいさんに見つからなんだら、別に何の問題もないんやしな」

「うん」

「せやけど、わしはヘマするような奴に用はないねん。失敗から学ぼうなんて甘っちょろい考えを持っとる人間にもな。わかっとるやろ」

「わかってるよ」とぼくは言った。「失敗したら、もうここには来ない」

男がぼくを見る。ぼくも男を見る。この半年の間に、こうして何度も目を見合ったことが思い出された。その意味を確かめようとする前に、いつも男の口の端が歪んで逃げていく。この時もそうだった。

「そこまで言うならしゃあない、協力せんわけにはいかんのー」男はへへへと満足げに笑って、肩を組んできた。「そうと決まれば、三月二十三日の月曜、きりよく十一時ちょうどに三回鳴らしたあと、一度切ってまたすぐにかけるわ。そうすりゃ青年はわしやとわかるやろ」

「うん」

「メモを取らんかい」男が顔を寄せてすごんだ。「一度で頭に入るようにはなっとらんやろ。失敗したら『皆のあらばしり』は遠ざかるし、仕事仲間も失っておしまいなんやで。自分に何ができるか、よう考えて事に当たろうやないか」

「わかったよ」

ぼくは下を向いて、リュックの中を探った。その間、ぼくの頰はゆるんでいた。レポート用紙とペンを出したところで、男は首を振った。

「アホやなー、いつもの研究用ノートの余白にでも書かんかい」

「なんでだよ」

「持ち慣れとらんもんに書くんは危険やわ。いつものノートなら失くさんし、万が一見られても、そこにたまたま目がいく可能性は低いやろ」

ぼくは言われた通りにして、真ん中のページあたりの余白を選んだ。すると、男が手を伸ばしてページをめくり、そこに書かれているものをぼくに示した。

「裏に書いてあるやんけ。終わったらこの部分はこの世から消してしまわなあかんのやから、裏表とも白紙のとこを選ばんかい。文字のところが破られとったら不自然やし、そもそも大事な研究やろ」

ぼくは思わず男を見た。きっと笑顔で。

「なんやねん、気色悪い。早よせんかい」

それから、言われた通りの余白を選んで、日時と電話のことを書いた。それを確かめてから男は指示を再開した。

「撮影は写真やなくて、動画の長回しで撮るんや。真上でいちいち静止して、文字が読めるようにしてな。録画ボタンは部屋に入る前に押して行くんやで。容量も確認せなあかんで」

ぼくは誇らしげな笑みを絶やさずに、その他、男が指示することを全部書いていった。

「こんなところやな。事が済んだら、破り取って燃してしまえや」

「わかった」ぼくはそれも書いた。そして、ノートとペンをしまうついでに、リュックの奥を探った。「もう会わないかも知れないから渡しておくよ」

「何をや」

「ディズニーのお土産」

カラフルで小さな手提げ袋を受け取った男は、開いて中を確かめた後、袋を逆さにして、物を掌に落とした。男のために選んだぬいぐるみストラップだ。

「なんでファウルフェローやねん」

「一番ずるくてお喋りなキャラクターはどれかって竹沢に訊いたら、そいつだって」

男は紐をつまんで、自分の目の前にぶら下げた。皆川城内町を後ろにした詐欺師のキツネを、まんざらでもない様子で眺めていた。

*

二〇一五年四月二日。午後四時の三十分前に来た男は、すでに待っていたぼくを見て嬉しそうに、しかしゆっくりと歩いてきた。

「来んかったらどないしよかと思たけど、まさかわしより先に来とるとはなー」

ぼくにぶつかるようにしてベンチの隣に腰かけてくる。傍らに置いたボディバッグのファスナーには、これ見よがしにファウルフェローのストラップが付けられていた。

「大変やったで」と男は上機嫌だ。「あのひいじいさん、ちょっとこっちが詳しい振りしたら一時間も予科練の思い出話をしよったがな。よくよく聞いとったら乙飛の第二十期で、土門拳と一緒に寝泊まりはおろか一回見たきりやっちゅうことやで。誇っとったけどな」

「助かったよ」

「だいぶ余裕があったやろ」

「うん。ひいじいちゃんも、話のわかる若者が電話で戦時中の取材してきたって喜んでたよ。あんなに予科練に詳しい記者はいないって」

「まあ、冥土の土産にはなったんちゃうか」

ひどいことを言う男に向かって、ぼくは言った。

「その若者は標準語だったらしいけど」

「ほーん」と男はそっぽを向いて興味なさそうに言った。

「本当に大阪出身なのか?」

「言葉なんて喋ったらそうなるんや、なんでもええがな。そんなことより、成果を発表せんかいな」

「それもそうか」

「なんや」男はちょっとたじろいだ。「えらい素直やないか。どないした」

「そんなことより成果を言うんだろ」

「話を逸らしたのはそっちやがな。ほな、早よ言わんかい」

「ぼくはもう、あんたに会わないよ」

男は口を結んでぼくを見た。ぼくはその視線を感じながら町を見下ろしていた。

「なんでやねんな」と男は余裕たっぷりの微笑みを浮かべている。「ここに来とるっちゅうことは、ばれたわけでもないんやろ」

「手に入った」ぼくは言って、男を見た。「間違いなく『皆のあらばしり』だ」

男の微笑が強張った。

「だから、もう終わりだよ」

「なんやと」男はひどくゆっくり言った。「持っとんのかいな」

「そこに埋めた」

ぼくはツバキの根元を指さした。男は新しく埋め戻された土の色を確認して、すぐにぼくの目を見た。

「盗んできて隠したのはぼくだ。あとはあんたが、偶然それを見つけて持ち帰るだけ」

「待て待て待て、待たんかい」そこで男は大きく息をついてから言った。「何言うてるかわからんけど、あんまり大人をからかったらいかんで」

「子のまろび――」

「あ？」

「酒屋が皆のあらばしり言の葉のほか跡はのこらじ」

声を失った男の口がぽかんと開いた。

「竹沢屋儀兵衛が作った小津久足の歌だ。紀行文の題にもなった」

男は腕組みして身を引いた。大袈裟に眉をひそめて、道化の火はまだ消えてはいない。へっと息を吐いてから、「青年に作れるとは思えん歌やな」と落ち着き払った声で言う。「転んだ子が儀兵衛で、そこに酒屋連中が駆け寄るのを小津久足が見たと言うんかいな」

「儀兵衛がそう書いてる」

「どうも、ほんまのことらしいな」

ぼくは黙って、男の言葉を待った。

「せやけど、もう少し顚末を聞かせてくれんと困るがな。盗んできたって、ひいじいさんや竹沢はんはどうなってんねん」

「何も知らないよ」

「おいおい」と男は驚いて言い、さりげなく周囲を確認した。「わしは揉め事に巻き込まれるんだけはごめんやで。まあ、そうやとしても、ブツを持って消え失せるだけなんやけどな。それやと青年が気の毒やから、こうして話を聞こうとしてるんやないか」

「知らないってそういうことじゃない。本当に知らないんだ」

「どういうことや」

「竹沢家の人間は、『皆のあらばしり』がなくなったことに気付かない」

「ひいじいさんが気付くに決まってるやろ」

「気付かないよ」

「なんでやねん、これまでのこと考えたら――」

「嘘だ」

「あ?」

「嘘だよ」とぼくは言った。「これまであんたに話してたこと」

「な」固まりかけた顔は、それでもなんとかいつもの馬鹿にするような笑いの相に流れた。「何を言うとんねん、さっきから。わけのわからん――」

「まず、ぼくと竹沢は付き合ってなんかいない。ただの共同研究者だ」

開きかける男の目を注視していたが、それは一回の瞬きで抑えられた。でも、下に逸らした視線が思わず膝の上に置いているバッグにつけているファウルフェローのストラップに飛んだから、間髪入れずに言った。

「それは、ぼくがディズニーシーに行って買って来た」

「なんやと」

「一人で」

力なく笑った男は、それで観念したようにゆっくり上を見た。大きく息をついてから、ぼくへと向き直った。

「アトラクションの話も堂に入っとったけど、もしかして自分、一人で遊んできたんかいな」

「そうだ」

「アホちゃう？」

「券は返すよ」ぼくはポケットを探った。「一枚余ってる」

「パスポートや」

「パスポート」と言って突きつける。

男はそれを渋々受け取り、何か言いたそうに口を開けたが、下唇をわずかになめただけだった。続けろというようにぼくをじっと見る。

「竹沢家の人間は、『皆のあらばしり』なんてものが家にあることを知らない」

「ひいじいさんもか」

「そうだ。あの人は息を吐くように嘘をつくような人なんかじゃないよ。電話で話してわかっただろ」

「ほな、ひいじいさんの部屋の簞笥にあると言うたんも嘘かいな。あれはほんまか」

「物置にあった」

「ぜんぶ嘘やんけ。ほな、あの電話はなんやねん。わしをおちょくるためか」

「ちゃんとした目的もある」ぼくはゆっくり言った。「あと、少し前に物置を覗かせてもらったって言ったのも本当だ。でも、その時は時間も遅かったから、まだ調べてなかった。古い文学全集や古書が縛られてる束をいくつか確認しただけだ。怪しいと思ったから、日を改めて物置を調べようって竹沢と約束したんだ」

「それが三月二十三日かいな」

「そう。だから、あんたから電話がかかってくる十一時ちょうどに、竹沢と二人で物置にいるようにした。お母さんたちが病院に行ってたのも、ひいじいちゃんが自分では電話に出ないのも本当だ」

「電話させたほんまの目的は、竹沢はんを物置から離すためか」

「十一時になって電話が三回鳴った。すぐまた鳴り始めて竹沢が家の玄関に走って行った。あんたが上手くやれば、竹沢がひいじいちゃんを呼びに行って電話を取らせるまで、それなりの時間がある。一つ目の束を解いたら、帙《ちつ》のあるものが目に付いた」

「帙なんて言葉、知っとんのかいな」

「あんたにこの説明をするために調べただけだよ」予想通りの茶々を気にせず続ける。

「解いたら、いきなり『皆のあらばしり』って文字が飛び込んできた。目録とよく似た字だ。すぐに、そこまで持って来てたリュックにしまった」

男はいつの間にか腕を組んで、むっつり黙りこんでいる。

「状態も悪くはないよ」喜ばせようとして言った。「中の字も読めるし」

「そら何よりやな」ぶっきらぼうに答えながらポケットから電子タバコを取り出した。

「まさかそのあと、ひいじいちゃんと一時間も話し込むとは思わなかったけど」

にやにや笑うぼくを見て、男の顔はだんだんと楽しげな色を帯びていった。電子タバコはすぐにポケットにしまわれた。ふいに下を向くと、堪えきれぬように息を漏らして笑い出し、ゆっくり顔を上げた。

「完全にしてやられたのー」口を大きく開けるようにして言った。「わしの負けや。何のために、こんなアホみたいなことすんねん」

「あんたの真似だ」とぼくは正直に言った。「ぼくは、あんたに試されてたんだろ」

「試すのなんて、とっくに終わっとったがな」

「でもあれは『皆のあらばしり』を捜すための採用試験だ。本当に認められたわけじゃない。ぼくは、あんたに本当に認められるために、あんたを騙そうと思ったんだ。あんたがいつも他人に対してやるみたいにすれば、認めざるを得ないだろ」

「おかしな理屈をこねるのー。それで、竹沢はんと付き合っとるなんちゅう嘘をついたんかいな」

「あんたを騙すには、あんたの掌の上にいなきゃならない」

「今日はえらいよう喋るやないか」

「あんたは」ぼくは男の目を見て言った。「ぼくが今まで出会った中で一番すごい人間だ。誰も比べものにならないくらい、断トツで。あんたと知り合って半年、本当に楽しかった。それはあんたと一緒にいない時でもそうだ。他のこと全部がどうでもよくなるくらい、この世界がおもしろく見えてきたんだ。だから、あんたにどうしても認められたいと思った」

言い終わるまで、男も目を離さなかった。でも、やがて軽くうなずきながら、ベンチに片腕をついて後ろに傾いだ。視線は遥か遠くの山並みに移り、ぼくもそちらを見た。

「仕事について話してくれたのは、本当のことなんだろ」

「そうやで」

「なんで話してくれたんだ」

「なんでやろうなー」男は皆川の町に視線を落とした。手元では、ボディバッグにつけたファウルフェローのストラップを弄んでいる。「わしも楽しかったからとちゃうか」

その言葉を聞いて、ぼくは立ち上がった。

「さっきも言ったけど、埋めてある『皆のあらばしり』はあんたのものだ。ぼくはこれからもっと勉強する。勉強だけじゃない、あんたに言われたことを忘れないで、ありとあらゆることを必死にやって、鍛え上げて面白がって、それをおいそれと他人に見せない、そういう人間になるよ。何年後かわからないけど、あんたがぼくを見くびらないで一緒に仕事ができるぐらいの人間になる」

「小便も我慢せなあかんのやで」

「鍛えればいいんだろ、外尿道括約筋も」とぼくは言った。「だからその時は、ぼくをあんたの仲間にしてくれよ」

「まあ、考えんこともないわ」

その言葉といつもの薄ら笑いだけで十分だった。ぼくは何も言わず、丈高い春の草を蹴るようにして歩き出した。

「いつかまた会おう」聞き慣れない抑揚の声がしても、ぼくは振り返らなかった。

「小便が我慢できるだけの男にはなるなよ」

騙すということは、騙されていることに気付いていない人間の相手をするということだ。気付けばショックを受けるに違いないのだから、いつから騙していたのか、どのように騙していたのか、相手が気付かないようにしてやりたいのが人情で、この厭味ったらしい優しさこそ詐欺師の腕というべきものである。

どうやら私は、いつからかその居心地のいい腕の中で、素数の木曜日を指折り数えて待ち、その日のうちにICレコーダーに録音した二人の会話を再生して愉快に笑いながら、この私的記録を書き継いでいたのだった。

＊

過信と遊び心が語り手に青年を選んだせいで、その出来上がりは、私の無能ぶりを歴然と示しているようだ。「信頼できない語り手」は腐るほどあれ、「おめでたい語り手」というのは滅多にお目にかかれるものではない。その点で、この文章はもの珍しい人間の記録となりうる。しかも、後に残された真の語り手の演じた鈍くさいハッピーエンドを書き足すことで、そのもの珍しさはますます輪をかけてきそうである。私はこの美しい法螺貝城に、世にも得難い詐欺師の姿を埋め残したいのだ。

さて、皆川城址の例のベンチに残された不肖私は、震える胸をこらえながらもその職業意識を駆って、ツバキの下に走り寄った。これで半年も取り組んだ一仕事が終わるなら、爪の間に土が入ろうと構わない。いつものような慎重さはなかった。しかし、わざとらしく撒かれた落ち葉を除き、踏み固められた春の土に指を差した時、その何とも言えぬ温度が我に返らせてくれた。落ち着いて顔を上げ、周囲を確認した。

世間は春休みのはずだが、横の広場にも、本丸の見晴台にも、誰一人いない。それはそうだ。ここは私と青年だけの場所なのだから。ではその青年はどこに行ったかと前に出て見下ろすと、こちらを振り仰ぎもせず、曲輪の向こうに沈もうとするところだ。仕事仲間を見事にだまくらかし、ブツがあるから掘っておけと指示するに飽き足らず、なおこれ見よがしの大した態度に、なにやら清々しくも誇らしい気分だったが、それどころではない。すぐに戻って掘り始めた。

ほどなく、土に差し込んだ指が硬いものに当たった。出てきたのは、ジップロックに包まれた、馴染みの平たいクッキー缶だ。土の詰まった爪の先で蓋を開くのに骨が折れて、私はそこでやっと自分の指が震えていることに気付いた。ましてや蓋はひどく固い。奴め、その溢れる若さでよほど強く押し込んだと見える。しゃがんだ足の靴先で缶を挟みながら、爪を立てて力をこめた。指先に痛みが走るのをこらえて何秒か震えた後、一挙に開いた。と、空気の裂ける甲高い音と、黒く長いものが勢いよく躍り出て、顔を掠めた。私は驚き、喉を短く鳴らしながら、のけ反って後ろに倒れた。

頭を打たぬようしばらく前にこらえていた首は、自分を襲ったのが例の空気ヘビだと気付いた時、観念したように脱力して地に置かれた。

大きく広がる空は澄みきった青に染まって高い。目端にかかるイロハモミジは、開きかけの若葉と火花のような赤い蕾だ。腑抜けのヘビが風に転がり、草に掻かれる音が聞こえる。缶の中に収まっているのは紛れもなく目的のもので、断トツに優秀な同僚候補の連絡先まで添えられていたというのに、私はそれには見向きもせず、しばらく愉快に笑っていた。

参考・引用文献

栃木市史編さん委員会編『栃木市史　史料編　自然・原始』（栃木市）
栃木市史編さん委員会編『栃木市史　史料編　近世』（栃木市）
栃木市史編さん委員会編『栃木市史　史料編　近現代Ⅰ』（栃木市）
栃木市史編さん委員会編『栃木市史　通史編』（栃木市）
栃木市史編さん委員会編『栃木市史　民俗編』（栃木市）
板坂耀子『江戸の紀行文』（中公新書）
小津久足著、佐藤大介・高橋陽一・菱岡憲司・青柳周一編『東北文化資料叢書第十一集　小津久足陸奥日記』（東北大学大学院文学研究科東北文化研究室）
大嶽浩良『下野の明治維新』（下野新聞社）
岡村敬二『江戸の蔵書家たち』（講談社選書メチエ）
川瀬一馬『日本における書籍蒐蔵の歴史』（吉川弘文館）

齋藤弘編『地誌編輯材料取調書』から読み解く栃木市皆川地区の歴史』（随想舎）
高倉一紀・菱岡憲司・龍泉寺由佳編『神道資料叢刊　十四　小津久足紀行集（二）』（皇學館大学研究開発推進センター神道研究所）
高橋敏『地方文人の世界』（同成社江戸時代史叢書）
田中正弘編『栃木市史料叢書第一集　栃木の在村記録　幕末維新期の胎動と展開第二巻　岡田親之日記㈡』（栃木市教育委員会）
徳田浩淳編『栃木酒のあゆみ』（栃木県酒造組合）
原直史『近世商人と市場』（山川出版社）
久野俊彦・時枝務編『偽文書学入門』（柏書房）
菱岡憲司『小津久足の文事』（ぺりかん社）
日向野徳久編『栃木の民話　第一集』（未來社）
日向野徳久編『栃木の民話　第二集』（未來社）
『ユリイカ2020年12月号　第52巻第15号　特集＝偽書の世界』（青土社）

初出　「新潮」二〇二一年十月号

装画／猪瀬直哉，Melancholia，2020 ⓒTHE CLUB

乗代雄介　のりしろ・ゆうすけ

1986年北海道生まれ、法政大学社会学部メディア社会学科卒業。

2015年「十七八より」で第58回群像新人文学賞受賞。

2018年『本物の読書家』で第40回野間文芸新人賞受賞。

2021年『旅する練習』で第34回三島由紀夫賞受賞。

著書に『十七八より』『本物の読書家』『最高の任務』『旅する練習』『ミック・エイヴォリーのアンダーパンツ』がある。

皆《みな》のあらばしり

発　行　2021年12月20日

著　者　乗代雄介《のりしろゆうすけ》
発行者　佐藤隆信
発行所　株式会社新潮社
〒162-8711　東京都新宿区矢来町71
電話　編集部　03-3266-5411
読者係　03-3266-5111
https://www.shinchosha.co.jp
装　幀　新潮社装幀室
印刷所　大日本印刷株式会社
製本所　加藤製本株式会社

ISBN 978-4-10-354371-8 C0093

スイミングスクール　高橋弘希

母との間に何があったのか——。離婚した母とその娘との繊細で緊張感ある関係を丁寧に描く表題作と、芥川賞候補作「短冊流し」を併録した、新鋭の圧倒的飛翔作。

小島　小山田浩子

被災地、自宅、保育園、スタジアム——様々な場所での日常や曖昧なつながりが世界をかすかに震わせる。海外でも注目される作家の現在を映す14篇を収めた作品集。

サキの忘れ物　津村記久子

見守っている。あなたがわたしの存在を信じている限り。人生はほんとうに小さなことで動きだす。たやすくない日々に宿る僥倖のような、まなざしあたたかな短篇集。

骨を撫でる　三国美千子

「死ぬまで親きょうだいを切られへん」土地と血縁に縛られつつ、しぶとく、したたかに生きる人間たちを描き出す表題作ほか一篇。三島賞作家の受賞後第一作品集。

公園へ行かないか？　火曜日に　柴崎友香

世界各国から集まった作家たちと、英語で議論をし、小説を読み、街を歩き、大統領選挙を間近で体験した著者が、全身で感じた現在のアメリカを描く連作小説集。

藁の王　谷崎由依

新人賞としてデビューしたが著書は一冊だけ、しかも絶版。その私が大学で小説を教えることに。そこで直面する問い、自分はなぜ書くのか——物語の森を彷徨う作品集。

アンソーシャル ディスタンス　金原ひとみ

パンデミックの世界を逃れ心中の旅に出る若い男女を描く表題作や、臨界状態の魂が暴発する「ストロングゼロ」など、どれも沸点越え、読めば返り血を浴びる作品集。

ウィステリアと三人の女たち　川上未映子

同窓会で、デパートで、女子寮で、廃墟となった館で、彼女たちは不確かな記憶と濛々たる死の匂いに苛まれて……。四人の女性に訪れる救済を描き出す傑作短篇集！

血も涙もある　山田詠美

私の趣味は人の夫を寝盗ることです——有名料理研究家の妻、年下の夫、そして妻の助手兼夫の恋人。3人が織りなす極上の危険な関係。意外なその後味とは——。

TIMELESS　朝吹真理子

恋愛感情のないまま結婚し、「交配」を試みるうみとアミ。父を知らぬまま17歳になった息子のアオ。幾層ものたゆたう時間と寄るべない人びとの姿。待望の新作長篇。

組曲　わすれこうじ　黒田夏子

手ばこにしまわれ、ひきだし家具に収められた愛おしいものたちの記憶。横書きの独創的文体で世を驚かせた芥川賞作家が7年の歳月をかけて織りあげた無比の小説集。

象牛　石井遊佳

自分を弄んだインド思想専攻の男性教員を追い、ガンジス河沿いの聖地に来た女子大生。だが象にも牛にも似た奇怪な存在に翻弄され——。芥川賞受賞後初の作品集。